루즈마이론

엘라시아
마을

루즈벡 제국

세이지탈 산맥

원글 강

로스 강

슈프림 왕국

유니온

어퍼 그랜져

원글로스 왕국

아이노 강

정선
지역

리퍼블릭

로어 그랜져

벨런시아 강

레오

벨런시아
공화국

레술트

시
아
라
인
만

제이드 대륙

마리오 제국

메틀라인
왕국

포로안 강

로헨 왕국

바첼러 백작령

N

기갑영검

아스카론
ASKARON

신가 판타지 장편 소설
FANTASY FRONTIER SPIRIT

기갑영검 아스카론 5

신가 판타지 장편 소설

초판 1쇄 찍은 날 § 2009년 9월 14일
초판 1쇄 펴낸 날 § 2009년 9월 24일

지은이 § 신가
펴낸이 § 서경석

편집장 § 문혜영
편집책임 § 서지현
편집 § 정서진

펴낸곳 § 도서출판 청어람
등록번호 § 제1081-1-89호
등록일자 § 1999. 5. 31
어람번호 § 제1-1072호

주소 § 경기도 부천시 원미구 심곡2동 163-2 서경B/D 3F (우) 420-822
전화 § 032-656-4452 팩스 § 032-656-4453
http://www.chungeoram.com
E-mail § eoram99@chollian.net

ISBN 978-89-251-1926-7 04810
ISBN 978-89-251-1721-8 (세트)

기갑혈검 아스카론

ASK ARCH

신가 판타지 장편 소설

FANTASY FRONTIER SPIRIT

5

[아스카론의 주인, 마이스티]

CONTENTS

CHAPTER 1
레퀴엠 vs 디스토션

레퀴엠과 디스토션. 디스토션과 레퀴엠.

두 기의 기간테스가 마주 보고 대치했다. 공화국군은 재빠르게 대피하여 이미 그 두 기의 주변은 텅 비어 있었다.

때아닌 바람이 흙먼지를 일으키고 지나갔다.

"드디어 복수전인가."

이슈인이 낮게 중얼거렸다. 아직도 잊을 수 없었다. 그때의 그 치욕스러운 패배와 도주는.

자신의 기간테스를 자폭시키고 뒤도 돌아보지 않고 도망가던 그때가 머릿속에 선명했다. 마나 제어구를 움켜쥔 두 손에 힘이 들어갔다.

"네 녀석, 기체의 성능을 믿고 까부는 것도 여기까지다."

제스터의 두 눈이 흥분으로 붉게 충혈되었다. 너무나도 적나라한 도발이 그를 그런 상태로 몰았다.

공중에서의 절대적인 우위를 버리고 땅으로 내려서 자신을 도발하는 적의 기간테스, 레퀴엠. 공화국 최고의 라이더로서 결코 가만히 둘 수 없었다. 절대 레퀴엠과 전투를 치르지 말라는 명령이 있었으나 이제 그런 명령 따위는 아무것도 아니었다.

멀찍이 물러선 공화국 병사들은 긴장된 눈으로 두 기의 기간테스를 지켜보았다. 과연 어떻게 결판이 날 것인가.

그들은 제스터를 믿었지만 레퀴엠의 어깨에 새겨진 수많은 K마크가 그들을 긴장토록 만들었다.

쿠웅쿠웅.

먼저 움직인 쪽은 디스토션이었다. 이슈인은 가만히 그 모습을 지켜보았다.

"아이스 스피어."

낮은 제스터의 시동어와 함께 수많은 아이스 스피어가 허공에 나타났다.

그 모습을 지켜보는 이슈인의 입꼬리가 살짝 올라갔다.

"이것이 그 유명한 디스토션의 마법이란 말이지?"

지난번에도 한 번 겪은 적이 있기는 했다.

하지만 일대일 대결에서는 처음이나 다름없었다.

"가랏."

제스터의 외침과 함께 아이스 스피어의 무리가 레퀴엠을 향해 날아갔다. 오직 한 방향에서만 날아가는 것이 아니었다. 직선과 곡선의 궤적이 뒤섞이며 레퀴엠을 중심으로 사방을 뒤덮으며 날아갔다.

그 모습을 지켜보는 이슈인의 얼굴은 침착했다.

―타이탄으로 마법을 사용한다니 상당히 효율이 떨어지는 방법이야.

그 모습을 본 아스카론의 짧은 평이었다.

어느새 검을 뽑아 든 레퀴엠은 사방으로 검을 휘둘렀다. 인피니트 소드의 검로를 그대로 움직이는 검은 단 한 발의 아이스 스피어의 접근도 허락하지 않았다.

제스터는 그 모습을 자신만만한 얼굴로 지켜보았다.

'어차피 이런 공격으로 타격을 줄 수 있을 것이라고는 생각하지 않았어.'

제스터의 노림수는 다른 것이었다. 수없이 많은 아이스 스피어의 소나기. 그것으로 이슈인의 눈을 가리는 것이다.

이슈인이 검을 움직이며 아이스 스피어를 소멸시켜 갈 때 제스터는 또 다른 시동어를 중얼거렸다.

"인비져빌리티(Invisibility), 바디 라이트(Body Light), 사일런트(Silent)."

무려 세 개의 마법을 동시에 발현시켰다. 그것과 동시에 디스토션의 모습이 사라졌다.

좀처럼 사용하지 않는 삼중첩의 마법이다.

―적이 사라졌다. 스스로에게 마법을 사용한 것 같다.

마법이 발현되는 순간 아스카론이 이슈인에게 경고했다.

이슈인은 그런 아스카론의 경고에 아랑곳 않고 검을 휘둘렀다. 레퀴엠을 완전히 뒤덮었던 아이스 스피어는 어느새 깨끗하게 사라지고 없었다.

그리고 디스토션도 사라졌다.

"얕은 수야."

이슈인의 입꼬리는 여전히 미소를 그리고 있었다.

제스터는 신중히 움직였다. 아무리 삼중의 마법을 사용했다고 해도 급격한 기동을 하면 상대방이 알아차릴 수 있기에 은밀히 움직였다. 이슈인이 아이스 스피어를 상대하는 사이 어느새 그는 레퀴엠의 등 뒤를 잡았다.

'후후. 한 번에 끝내주마.'

태양빛을 받은 디스토션의 검이 섬뜩하게 빛났지만 인비져빌리티 마법이 걸린 터라 그 빛은 오직 제스터만이 볼 수 있었다.

거대한 검날이 당장에라도 레퀴엠의 등에 박힐 것 같았다. 제스터의 얼굴에 회심의 미소가 떠올랐다.

그 순간,

캉!!

요란한 소리가 울렸다.

제스터는 두 눈을 부릅뜨고 앞을 보았다. 자신의 두 눈에 보이는 광경을 도무지 믿을 수가 없었다.

어떻게 레퀴엠의 검이 디스토션의 검을 막고 있단 말인가.

언제 레퀴엠이 돌아섰단 말인가.

도무지 믿을 수가 없었다.

[제법 놀란 모양이군요? 떨리는 것이 기간테스의 검을 통해서도 느껴질 정도로.]

그때 공용 채널을 통해 들리는 이슈인의 이죽거림. 제스터의 얼굴이 험악하게 일그러졌다.

[어떻게 알았지?]

[경지에 오른 검사라면 눈을 가리고도 상대의 공격을 막을 수 있는 법입니다.]

그 정도 사실은 제스터도 알고 있다. 다만 그 경지라는 것이 보통의 경지가 아니었다. 적어도 소드 마스터에 발을 들였거나 그에 준하는 최상급 소드 익스퍼트의 벽에 막힌 정도의 실력을 가지고 있어야 한다.

[그것이야 당연한 사실이지만… 기간테스를 운용한 채로 그런 감각을 끌어올릴 수 있다고 말하려는 것이냐?]

그랬다.

아무리 소드 마스터라 하더라도 기간테스를 운용할 때는 그런 감각을 발휘하지 못한다. 기간테스는 기간테스일 뿐 자신의 몸이 아닌 탓이다.

싱크로율 때문에 나타나는 감각의 한계인 것이다.

[네 녀석의 경지가 그렇게 높은데다가, 설마 싱크로율이 완벽에 가깝다고 나에게 말하고 싶은 것이냐?]

공용 채널을 통해 들려오는 제스터의 목소리는 점점 사나워지고 있었다.

[아직까지는 아닙니다만… 그렇게 거대한 기간테스가 한 공간을 막으면 그곳의 소리나 공기의 흐름 같은 것이 차단되게 마련이지요.]

이슈인이 담담한 목소리로 답했다.

이슈인이 디스토션의 위치를 알아차린 방법은 의외로 간단했다. 사방을 둘러싼 병사들의 웅성거림이 유독 한 곳에서 더 작게 들렸던 것이다. 바로 자신의 등 뒤에서 말이다.

[네놈…….]

[그럼 계속해 볼까요?]

제스터가 무어라 더 말하려는 찰나 레퀴엠이 검을 힘껏 밀쳤다. 그 순간 둘 사이의 거리가 벌어졌다.

조금 전 검을 맞부딪치면서 개략적인 디스토션의 상태를 확인했다. 어디에 머리가 있고, 어디에 무릎이 있으며 어디가 콕피트인지, 검과 방패는 어디쯤에 있는지 머릿속에 그려졌다.

디스토션이 움직여 그 위치가 바뀌기 전에 공략해야 했다.

디스토션의 위치는 확인할 수 있지만 상태는 정확히 알 수 없었다. 한 번의 충돌로 머릿속에 입력한 위치가 바뀌기 전에 승부를 내야 했다.

레퀴엠의 검이 거칠게 움직이며 디스토션을 향해 짓쳐들었다.

제스터는 바쁘게 검을 움직였다. 전장의 차이가 2.5미터다. 한참 아래에서 위를 향해 불쑥불쑥 솟아오르는 공격이 여간 방어하기 까다로운 것이 아니다. 자신보다 작은 상대가 자신 이상의 힘을 가지게 되자 무서운 상대로 돌변했다.

"빌어먹을."

제스터의 얼굴에 낭패가 어렸다.

이슈인은 이슈인대로 전력을 다했다. 아직도 상대방의 마법이 풀리지 않고 있었다. 그런 이상 한 번 파악한 상태에서 끝장을 보아야 했다.

"내가 그렇게 호락호락해 보이느냐! 파이어 월(Fire Wall)!"

제스터의 외침과 함께 디스토션을 감싸며 불벽이 솟아올랐다. 디스토션과 근접한 곳에서 벽이 만들어졌기에 레퀴엠은 그대로 화염에 휩싸였다.

"크윽."

예상치 못한 마법 공격이다. 이슈인의 입에서 절로 신음이 새어 나왔다.

—이 정도 마법으로는 레퀴엠의 항마력을 이기지 못한다.

아스카론의 목소리가 들렸다. 이슈인은 그제야 별다른 타격을 받지 않았음을 깨달았다. 갑작스런 마법의 발현에 놀라 당연히 타격을 받았을 것이라 생각했었다.

—타이탄이 사용하는 마법은 타이탄에게 아무 타격을 주지 못한다. 그래서 비효율적이란 것이다.

적어도 아스카론이 알고 있는 수준의 기간테스라면 그럴 것이다. 그 증거로 레퀴엠은 아무런 타격을 받지 않았다. 단지 불속에 있다는 느낌과 시각적인 효과가 조금 거추장스러울 뿐이다.

"부끄럽군."

자신의 호들갑을 떠올리며 이슈인이 낮게 중얼거렸다. 그리고 레퀴엠은 다시 정상적인 공격을 계속했다.

"어, 어떻게?"

불벽 속에서 여전히 자신을 향해 검을 뿌리는 레퀴엠의 모습에 제스터는 경악에 찬 표정을 지었다. 그사이에도 여전히 검은 날카롭게 허점을 파고들어 왔다.

"빌어먹을 놈."

제스터는 이를 악물었다.

"인포스드 아이스 월(Enforced Ice Wall)!"

시동어와 함께 거대한 빙벽이 솟아올라 디스토션의 앞을 막았다.

쾅!!

거대한 소리와 함께 레퀴엠의 검이 빙벽에 박혀 들었다.

그사이 디스토션은 재빨리 옆으로 돌았다. 어느새 삼중으로 중첩한 마법의 효과가 끝이나 디스토션의 모습이 드러나 있었다.

"응?"

이슈인의 표정이 묘하게 변했다.

빙벽을 파고든 검이 빠지지 않았다. 너무 강한 힘으로 내려친 참격이 박힌 탓일까? 빙벽은 검을 꽉 물고는 쉬이 놓아주지 않았다.

그 틈을 놓칠 제스터가 아니었다.

재빨리 옆으로 돌아 나온 디스토션이 그 육중한 몸체를 이용해 숄더 차징을 날렸다.

쿠앙!

검을 빼는데 집중을 했던 데다가 측면으로의 공격인 탓일까? 레퀴엠은 검을 놓치고 뒤로 날아갔다.

"우와와!"

"이야!!"

그 순간 공화국 병사들의 입에서 커다란 함성이 터져 나왔다. 공화국에 있어서 죽음의 사신이나 다름 없던 레퀴엠이 저렇게 나동그라지는 모습에 절로 터진 함성이다.

제스터는 흐름을 놓치지 않고 레퀴엠을 향해 달려들며 연신 공격을 뿌렸다. 이슈인은 레퀴엠의 몸을 굴리며 디스토션의 공격을 피하기 바빴다.

"바인드(Bind)."

다시 한 번 중얼거린 시동어에 레퀴엠의 움직임이 딱 멈췄다. 마법에 걸린 것이다.

"쳇, 이까짓 마법."

이슈인은 아스카론이 말해준 사실을 잊지 않았다. 과연 레퀴엠의 항마력답게 마법은 금세 풀렸다. 하지만 찰나의 그 멈칫거림을 제스터는 놓치지 않았다. 역시 역전의 용사였다.

디스토션의 검이 레퀴엠의 옆구리를 강타했다. 레퀴엠의 몸을 울리는 충격이 고스란히 이슈인에게 전달되었다.

"크윽."

이번에는 정말 고통으로 인한 신음이다.

─몸체 손상율 1.26%다. 기동에는 아무런 문제없다.

한 번의 일격을 허용한 것에 비하면 적다면 적고 많다면 많은 손상이다.

"젠장."

이슈인은 난감했다. 일단 몸을 일으켜야 이 난국을 타개할 텐데, 제스터는 전혀 그럴 틈을 주지 않았다.

─미숙하군.

가뜩이나 정신없는 판에 아스카론까지 이슈인의 속을 긁

었다.

"닥쳐."

이슈인의 입에서 거친 말이 튀어나왔다. 하지만 아스카론은 아랑곳하지 않았다.

─네가 지금 레퀴엠의 성능을 얼마나 한심할 정도로 떨어뜨리고 있는지 아는가?

아스카론의 물음에 이슈인은 몸을 부르르 떨었다. 그제야 레퀴엠과 디스토션의 출력의 차이에 생각이 미친 것이다. 알려진 디스토션의 출력은 3.0이다. 그리고 레퀴엠의 출력은 3.83이다. 디스토션의 기체가 훨씬 큰 것을 감안한다면 레퀴엠의 속도를 디스토션이 감히 따라올 수 없었다.

"빌어먹을."

이번에는 이슈인 스스로를 향한 말이었다.

다시금 레퀴엠의 두 눈이 빛났다. 그리고 레퀴엠의 움직임이 달라졌다. 마치 돌풍을 일으키듯 몸을 회전시킨 레퀴엠은 순식간에 디스토션에게서 멀찍이 떨어져 몸을 일으켰다.

갑작스러운 레퀴엠의 움직임에 제스터는 깜짝 놀랐다.

"오늘 하루 너무 자신만만했던 것 같아."

─이제야 싱크로율이 회복됐다.

아스카론의 말에서 이슈인은 자신의 싱크로율이 상당히 떨어져 있음을 깨달았다. 복수를 해야 할 숙적을 만났음에도 오히려 싱크로율이 떨어뜨리다니.

'확실히 아직 서툴러.'

이슈인이 두 눈을 감았다. 그리고 천천히 깊은 호흡을 했다.

"후우."

몸속을 휘도는 마나가 안정되는 것이 느껴졌다. 천천히 그레이트 서클의 경로를 따라서 마나를 이끌었다. 그렇게 이슈인의 몸속을 수 바퀴 돈 마나가 손을 통해 레퀴엠의 몸속으로 흘러들어 갔다. 마나 회로를 흐르면서 레퀴엠의 몸 전체에 그레이트 서클을 그리는 마나의 움직임. 레퀴엠의 두 눈이 빛을 발했다.

─지금부터는 많이 다를 겁니다.

이미 지금까지 충분히 위력적인 상대였다. 그런데 공용 채널로 들리는 상대의 목소리가 달라져 있었다.

'괴물 같은 녀석. 인간이 어떻게 이럴 수가 있어.'

제스터는 마른침을 삼켰다. 조금 전의 그 움직임은 자신은 흉내도 낼 수 없는 것이었다.

왜 디스토션으로 레퀴엠에 맞서지 말라고 했는지 절절히 이해가 되었다. 레퀴엠과 이슈인은 자신이 생각한 것보다 훨씬 더한 괴물이었다.

파앙!

커다란 충격음이 귀를 울렸다.

"크윽."

들린 소리보다 한 박자 느린 충격이 온몸을 휘감는다. 디스토션은 몇 발자국 뒤로 물러섰다.

"어떻게……?"

제스터는 불신 어린 눈으로 레퀴엠을 응시했다.

레퀴엠은 양손으로 검을 든 채 오연히 서 있었다. 그럴 리 없겠지만 레퀴엠이 웃고 있는 듯했다.

단지 그 자리에서 한 번 검을 내려쳤을 뿐이다. 상당한 거리가 있음에도 허공을 격해 자신에게 충격을 가하다니 믿을 수가 없었다.

"되는군. 블레이드 윈드(Blade Wind)라."

이슈인이 미소를 지으며 중얼거렸다.

―검풍(劍風)이로군.

이것 역시 바인트에게 배운 것이다. 경지에 오르면 검의 휘두름에 바람이 일어날 것이라 했다.

기간테스의 운용으로도 그것이 가능하다는 것을 이슈인은 지금 깨달았다.

"하긴 피어스 브레이크도 모두 사용할 수 있으니까."

이슈인은 고개를 끄덕이며 스스로 수긍했다. 수법 하나하나가 모두 피어스 브레이크인 인피니트 소드. 그것을 레퀴엠으로 펼쳤을 때 역시나 피어스 브레이크가 발동되었다. 블레이드 윈드보다 윗줄의 기술인 피어스 브레이크도 사용할 수 있는데 블레이드 윈드가 발현되는 것은 당연하다면 당연한 일이다.

하지만 이 같은 사실을 모르는 제스터였기에 아연실색할 수밖에 없는 것이다.

"본격적으로 가볼까?"

레퀴엠이 그림자가 움직이듯 스르륵 움직였다.

일루전 문이 발휘된 것이다.

"이건……."

기간테스로는 절대 구현할 수 없는 움직임에 제스터가 깜짝 놀랐다. 예전에 회심의 순간에 보여주었던 바로 그 움직임이다. 그 순간 레퀴엠의 검이 날아들었다.

"크윽."

간신히 검을 막아낸 제스터의 입술을 비집고 신음이 흘러나왔다.

레퀴엠의 검은 쉼없이 움직였다.

일격, 일격이 가해질 때마다 디스토션이 뒤로 밀려 나갔다. 출력 3.0의 기간테스라는 것이 믿기지 않는 모습이었다.

"어, 어떻게……."

병사들은 입을 벌린 채 그 모습을 믿을 수 없다는 듯이 지켜보고 있었다. 이미 주변의 공기는 차갑게 식어 있었다.

[슬슬 끝내도록 하죠.]

공용 채널로 울리는 이슈인의 목소리에 제스터는 이를 악물었다.

"블리자드 블레이드."

레퀴엠의 검이 빛을 발하더니 사방으로 눈보라가 몰아쳤다.

서걱.

깔끔하게 잘린 디스토션의 양팔의 절단면이 하얗게 얼어붙었다.

"기, 기간테스가 피어스 브레이크를 사용했어……."

병사들은 두 눈으로 똑똑히 보고도 눈앞의 현실을 믿을 수가 없었다.

레퀴엠이 다시 검을 바로 세웠다. 이제야말로 지난번의 패배를 설욕할 마지막 일격을 날릴 순간이었다. 제스터 역시 직감적으로 이번 공격이 마지막임을 알 수 있었다.

"비참하군."

허탈하게 중얼거리는 제스터의 양손은 어느새 마나 제어구에서 떨어져 있었다. 더 이상 어떻게 할 수 없음을 뼈저리게 느꼈다. 이제 상대방의 마지막 일격에 자신의 생명을 불사르는 것밖에는 남지 않았다.

"라이트닝 블레이드(Lightening Blade)."

처음으로 사용하는 인피니트 소드의 세 번째 수법이었다.

이슈인이 검을 떨치기 위해 마나를 움직이는 순간, 아스카론의 목소리가 마나를 두드렸다.

─지금의 일격은 그만두기를 권한다.

아스카론의 말이 이슈인의 마나의 흐름을 끊었다.

"왜?"

짧은 반문이다.

—현재 레퀴엠의 운용 마나 잔량이 얼마 없다. 마나 소모가 많은 기동을 연속으로 했기 때문에 이제 남은 마나는 이카루스를 이용해 10분 정도 비행할 정도다. 지금 공격하려는 수법을 사용한다면 약 3분의 비행이 가능할 것으로 계산된다.

그 말에 이슈인은 공격을 멈췄다.

10분을 날아서 과연 본진에 돌아갈 수 있을지 몰랐다.

"내가 너무 정신이 없었군."

기간테스의 운용 마나의 분배. 그것은 라이더의 기본 중 기본이었다.

하지만 자신의 마나를 이용해 싱크로율을 올리는 방법에 눈 뜬 이후로 그만 운용 마나의 한계라는 것을 깜빡했다. 강렬한 위력에 너무 심취해서 흥분해 움직였다.

선택의 기로다.

여기서 간결한 일격이라도 날려서 디스토션을 완전히 제거하느냐, 아니면 그 마나도 아껴서 전력으로 복귀하느냐.

[오늘은 운이 좋군요.]

이슈인은 후자를 택했다.

공용 채널을 통해 간결한 작별 인사를 남긴 이슈인은 레퀴엠의 이카루스를 펼쳤다.

빠른 속도로 날아오른 레퀴엠은 순식간에 먼 하늘의 점이 되어 사라졌다.

"마나에 대해서는 좀 빨리 말해주면 좋았잖아. 그렇다면 계산해서 싸웠을 텐데."

─나 역시 네가 이렇게 연속으로 마나 소모가 큰 기술을 사용할 수 있을 줄은 몰랐다. 그리고 오늘은 평소보다 운용 시간이 많이 늘어났다.

아스카론의 말이 맞았다.

"앞으로는 3할 정도 남으면 말해줘."

─내가 말해주지 않아도 네 눈앞의 상태창에 모두 표시되고 있다.

아스카론의 말이 맞았다. 지금 상태창에서 잔존 마나가 얼마 없다는 뜻으로 빨간 불빛이 깜빡이고 있었다.

"그래, 다 내 잘못이다."

─맞는 말이다.

"쳇."

아스카론의 마지막 말에 혀를 찬 이슈인은 복귀하는데 집중했다. 괜한 말싸움은 어차피 자신이 불리했다.

"후우, 이 이상 비참할 수 있을까……."

양팔이 잘린 디스토션의 콕피트에서 제스터가 진한 자조감이 어린 중얼거림을 토했다.

"레퀴엠이 돌아오고 있습니다!"

망루에서 망원경으로 하늘을 관찰하던 병사가 외쳤다. 그의 외침은 즉각 상부에 보고되었고 레퀴엠이 도착하기 전에 많은 이들이 막사를 나오게 만들었다.

사람들은 모여서 레퀴엠이 착륙하는 모습을 지켜보았다.

쿠웅.

레퀴엠의 두 발이 바닥에 닿는 소리가 낮게 울렸다. 콕피트가 열리며 이슈인이 훌쩍 뛰어내렸다. 레퀴엠은 곧 아공간으로 사라졌다.

"이슈인 써드 룩."

무거운 목소리가 이슈인의 귀에 들렸다.

크로아 사단장이었다. 그의 얼굴은 단단히 화가 나 있었다. 당연했다. 통신까지 꺼놓고서는 명령을 무시하고 단독으로 움직이지 않았던가.

전시 상황에서 명령 불복종은 즉결처분감이었다.

"네."

이슈인도 그 사실을 잘 알았기에 조심스레 부름에 답했다.

"따라오도록."

간결한 한마디지만, 지금은 그 어떤 말보다도 위엄이 있었다.

이슈인은 크로아 사단장에게 이끌려 작전 본부로 들어갔다. 그곳에는 이미 수많은 이들이 모여 있었다. 그럼에도 불구하고 크로아 군단장이 직접 이슈인 앞에 모습을 드러냈다는 것은 그만큼 그의 분노가 대단하다는 뜻이었다.

사방에서 따가운 눈빛이 이슈인을 향해 날아들었다. 이슈인은 자신이 저지른 잘못을 알고 있었기에 묵묵히 고개를 숙이고 있었다.

"이슈인 써드 룩."

크로아 사단장의 딱딱한 목소리가 귀를 콕콕 찔렀다.

"네."

"자네가 무슨 짓을 저질렀는지는 잘 알고 있겠지?"

명령 불복종. 무단이탈.

변명의 여지가 없었다.

이슈인은 아무런 말도 못하고 가만히 서 있었다.

"아무 말이 없는 것을 보니 잘 알고 있나 보군. 그럼 이제 어디 변명이라도 해보게. 대체 왜 그런 일을 저질렀는지 말이야."

크로아의 두 눈은 차갑고도 냉정했다.

가만히 고개를 숙이고 있던 이슈인의 입술이 천천히 움직였다. 아무런 말도 할 수 없었지만 상관이 요구했기에 말해야 했다.

모두 이슈인의 말을 가만히 듣고 있었다.

짧지 않은 이야기이지만 그리 긴 시간이 걸리지 않았다.

"후우."

파이프 담배를 한껏 빨아들인 후 내뱉는 크로아 사단장의 얼굴 표정은 복잡했다.

이슈인이 거짓말을 할 리 없었다. 그렇다고 그냥 순순히 믿기에는 그 내용이 너무 엄청났다. 단신으로 적의 본진으로 쳐들어가 디스토션을 완파 직전까지 몰아붙였다니, 믿어야 할지 말아야 할지 고민 되는 내용이다.

이슈인은 모든 이야기를 끝낸 후 처분을 기다리며 가만히 서 있었다.

"사단장! 사단장!"

그때 본부 막사 밖에서 다급한 외침이 들렸다. 이슈인도 언젠가 들은 적이 있는지 흐릿하게 기억나는 목소리였다. 이곳의 최고 책임자는 크로아 사단장이다. 그런데, 그런 그를 사단장이라고 부를 수 있을 만한 인물 중 이슈인이 알고 있는 인물은 얼마 없었다. 그리고 그중 이 목소리의 주인공은 없었다.

'누구지? 분명 들은 적이 있는 것 같은데……'

자신이 어떤 처분을 받게 될지 알 수 없는 이 상황에서도 그런 호기심은 일어났다.

막사의 입구가 열리며 한 사람이 다급히 들어왔다.

"아론 백작님, 군사회의 중입니다."

크로아 사단장이 곤란한 얼굴로 말했으나 들어온 인물은 그 말에 아랑곳 않고 주변을 빠르게 살폈다.

"여기 있었군!"

이슈인을 발견한 그의 얼굴에 강렬한 탐구심이 일었다. 이번에야말로 반드시 비밀을 파헤치고야 말겠다는 의지가 가득했다.

"아."

그의 얼굴을 보고서야 이슈인은 그가 누구인지 알아차렸다. 크로아 사단장이 아론 백작님이라 부른 인물. 분명 그와 안면이 있었다.

제스터와 그의 강습부대의 포위에서 가까스로 탈출했을 때, 자신이 기록한 싱크로율이 대체 어떻게 된 것이냐고 따져 물었던 인물.

메테나이져의 3대 기간테스 권위자 중 한 명.

아론 발뭉 백작. 바로 그였다. 그런데 그가 어떻게 이곳에 와 있단 말인가.

"크로아 사단장, 레퀴엠이 돌아온 후 분명 내가 충분히 연구할 수 있게 해준다고 했었지?"

아론 백작의 두 눈이 사납게 빛났다.

"그렇습니다만, 이슈인 써드 룩은 군법을 어긴지라 그에 대한 처분을 결정해야 합니다."

"그건 나중에 해. 내가 더 급해."

그 말을 끝으로 아론 백작은 이슈인의 손을 잡고 밖으로 잡아끌었다.

이슈인은 '어어어' 하는 사이 어쩔 수 없이 아론 백작의 손에 이끌려 막사 밖으로 나가게 되었다. 크로아 백작은 고개를 저으며 어쩔 수 없다는 얼굴로 그 뒷모습을 바라보았다.

"정말, 기간테스에 대해서라면 다른 생각은 아무것도 안 하시는 분입니다."

허탈한 듯 중얼거리는 한 장교의 말에 크로아 사단장은 쓴웃음을 지었다. 그 역시 동감이었다. 하지만 그런 그의 괴팍한 성격이 기간테스의 개발에 지대한 공헌을 하였기에 누구도 뭐라 하지 못하고 그저 지켜볼 뿐인 것이다.

지금의 크로아 사단장처럼.

"그나저나 저 괘씸한 녀석의 처분은 어떻게 할까?"

크로아 사단장의 낮은 중얼거림에 즉시 그에 대한 논의가 이루어졌다. 이슈인은 메틀라인 왕국군에 있어서 매우 중요한 전력이었기에 그리 심한 처분을 내릴 수는 없었지만 아론 백작 덕에 사람들은 머리를 감싸며 이슈인에게 적절한 처벌을 생각해 냈다.

아론 백작이 이슈인을 이끌고 간 곳은 각종 장비들이 가득한 거대한 막사였다. 기간테스도 충분히 소환해 놓을 수 있을 정도의 크기에 이슈인은 깜짝 놀랐다.

'분명 오늘 아침까지만 해도 없었는데…….'

자신이 출격한 사이에 만들어졌다는 이야기다. 대체 어떻게 단 시간에 이런 막사를 만들 수 있는지 아무리 생각해도 알 수 없었다.

"뭘 그리 놀라? 잔뜩 있는 기간테스를 이런 데다 안 쓰면 어디다 쓸라구."

이슈인의 표정에서 무슨 생각을 하고 있는지 알아차린 아론 백작은 별것 아니라는 투로 대수롭지 않게 말했지만 이슈인은 깜짝 놀랐다. 최강의 전투 병기인 기간테스를 고작 천막을 세우는데 사용하다니. 라이더인 이슈인으로서는 절대 할 수 없는 생각이다.

"이런 사소한 것에는 신경 쓰지 말고 어서 네놈 기간테스나 꺼내라. 그 레퀴엠이라는 녀석."

아론 백작의 재촉에 이슈인은 레퀴엠을 소환했다. 콕피트가 열리자 아론 백작은 장비를 이용해 당장 콕피트 내부로 들어가 꼼꼼히 살폈다. 그리고는 각종 장비를 연결했다.

"과연. 던전에서 발굴한 기간테스라고 하더니, 지금의 것과는 상당히 다르군."

흥미로운 눈으로 곳곳을 살폈다. 그러다가 한동안 무엇을 어찌해야 하는지 알아내지 못하고 우왕좌왕했다. 결국은 아래에 있는 이슈인을 불렀다.

"이 녀석의 마나 엔진 기동은 어떻게 하는 거지?"

그랬다. 검사 장비의 마나 엔진 기동 장치로 레퀴엠의 기동에 실패한 것이다. 그럴 수밖에 없었다. 레퀴엠 기동의 열쇠는 아스카론이었으니까.

이슈인은 아무 말 없이 콕피트로 올라서 아스카론을 소울 슬롯에 꽂았다. 아론 백작은 그 과정을 아주 흥미롭게 지켜보았다.

"특이한 방식으로 기동을 하는군. 검이 열쇠라… 그 검도 함께 발견한 건가?"

"그렇습니다."

―저 사람 기분 나쁘군.

아스카론의 짧은 말이 이슈인의 머리에 울렸다.

우우웅.

묵직한 마나 엔진 기동음이 진동을 일으켰다.

"호오. 놀랍군. 딜레이 타임이 없다니."

역시 메테나이져 최고의 권위자 중 한 명답게 단번에 딜레이 타임에 대해서 알아차렸다.

'대체 왜 이 사람을 보낸 거지?'

이슈인은 알 수 없다는 눈으로 아론 백작을 바라보았다. 아직 레퀴엠에 대한 여러 가지 내용이 극비일 텐데, 이 사람이 조사한다면 더 이상 극비가 아니다. 그런데 굳이 전장에 까지 이 사람을 보낸 이유를 알 수가 없었다.

이슈인은 절대 알 수가 없었다.

그가 국왕과 귀족 중 한 명이고 그것도 측근 중 한 명이라는 것을. 그 때문에 이안의 배려와 국왕의 도움으로 이렇게 레퀴엠을 조사하러 온 것이다.

"과연. 엄청나군. 이안 차관에게 듣고도 믿지 못했는데, 최대 출력이 3.83이라니. 허."

이슈인이 어떤 생각을 하는지 신경 쓰지 않고 아론 백작은 찬탄에 빠져 있었다.

"그럼, 어디 운용 데이터를 확인해 볼까?"

장비들을 어떻게 건드렸는지 레퀴엠의 싱크로율 기록이 촤라라락 떴다.

찬찬히 그 기록들을 살피던 아론 백작의 몸이 딱딱하게 굳었다. 오늘 이슈인이 멋대로 움직여서 만들어낸 싱크로율에 눈이 멈춰 있었다.

그 모습에 이슈인은 과거에 있었던 아론 백작과의 만남을 떠올리고 서둘러 콕피트를 벗어났다. 붙들려서 어떤 일을 당할지 몰랐기 때문이다.

아론 백작이 충격에서 벗어나 주변을 돌아보았을 때는 이슈인은 이미 사라진 뒤였다.

CHAPTER 2
백의종군

"디스토션이 완파 직전에 겨우겨우 버텼다라……."

무거운 목소리가 낮게 울렸다.

"그렇습니다."

박스터의 딱딱하게 굳은 얼굴을 보며 엥겔스가 조심스레 말했다.

"완파도 가능했을 텐데 왜 그냥 물러간 거지?"

"아마 마나 잔량 때문이 아닌가 추측하고 있습니다. 일단 적의 본진에서 너무 멀리 나온 상황인데다, 이카루스라는 것을 운용하는데도 상당한 마나가 필요할 테니, 복귀에 필요한 마나가 모자랐을 수도 있습니다."

엥겔스는 이마에 어린 땀을 훔치며 말했다.

"흐음. 던전에서 얻은 것들을 최대한 빨리 개발해야겠군."

"해석은 완료했습니다. 현재 자이안의 생산도 일시 중단하고 최대한 신무기 생산에 총력을 기울이고 있습니다."

"전선에서 추가적인 자이안의 보급 없이 버틸 수 있을까?"

"자이안은 레퀴엠의 먹이가 될 뿐입니다. 그런 이상 지속적인 자이안의 생산은 자원의 낭비일 뿐이라 생각합니다."

박스터의 얼굴에 불편한 기색이 역력했다.

"어쩔 수 없군."

엥겔스는 허리를 숙였다. 그로서도 방법이 없었다.

"이것을 한번 보지."

그때 낡은 책 한 권을 박스터가 엥겔스에게 내밀었다.

"이건 뭡니까?"

"아버님의 유품을 따로 모아둔 곳에서 발견했던 걸세. 예전에는 알 수 없는 문자로 쓰여진 것이라 무시했었는데, 이번에 던전에서 발굴한 책들에 쓰여진 문자와 비슷한 거 같아서 가지고 왔네."

물론 박스터의 말은 거짓말이다. 그 책 역시 바스테리안이 페니카이아의 레어에서 가지고 온 것이다.

엥겔스가 조심스레 책을 받았다. 낡은 표지에 희미해진 글

씨로 제목이 적혀 있었다.

"마나 문신을 이용한 동조율의 극대화?"

해석 작업을 하면서 마법어에 상당히 익숙해진 엥겔스가 단번에 제목을 읽었다. 엥겔스는 고개를 갸웃거렸다. 제목만 봐서는 어떤 내용인 줄 알 수 없었다. 하지만 동조율의 극대화라는 말이 엥겔스의 시선을 잡아끌었다.

동조율이라는 것이 지금의 싱크로율을 말하는 것이라는 사실을 아는 까닭이다.

"어떤가?"

"무언가 있는 것 같습니다. 동조율이라 함은 싱크로율입니다. 싱크로율을 올릴 방법이라니 분명 도움이 될 것 같습니다."

엥겔스의 대답에 박스터가 고개를 끄덕였다.

"연구해 보게."

"네."

"그리고 제스터에게 너무 실망 말라고 전해주게. 기체에서의 차이가 너무 컸어."

"알겠습니다."

엥겔스는 조심스레 박스터의 집무실에서 물러났다. 할 일이 태산이었다.

이젠 엥겔스 자신의 집안에서 은밀히 전해져 온 책을 해석할 차례였다. 던전에서 발굴한 책들은 이미 모든 해석을 끝내

개발을 담당한 곳에 넘겼다. 그곳은 엥겔스가 중간중간 도움을 주면 될 일이다.

박스터가 넘긴 책까지 해석하려면 바빴다. 연일 왕국군에 밀리는 전장을 생각한다면 하루, 하루가 천금과도 같았다.

*   *   *

"어이, 써드 폰. 이쪽으로 좀 와봐."

라이어가 한창 자신의 랩터2를 청소하다가 한쪽을 보면서 크게 외쳤다. 그의 곁에서 자신의 랩터2를 살피던 벨라나는 라이어의 외침에 피식 웃었다. 그가 누구를 부르는 것인지 잘 알기 때문이다.

오늘은 전투가 없기에 라이더들은 자신의 기간테스 정비에 들어갔다. 그러면 라이더를 보조할 병사들이 할당이 된다.

라이어는 그중 자신에게 할당되지는 않았으나 주변에 있는 한 병사를 불렀다. 그가 아무 일도 하지 않고 멀뚱히 서 있었기 때문이다.

라이어의 부름에 잔뜩 얼굴을 찡그린 병사가 라이어에게 다가왔다.

"무슨 일이야?"

장교인 라이더에게 반말을 하는 겁없는 병사, 그는 이슈인이었다.

"어쭈? 써드 폰이 써드 나이트에게 그게 무슨 말 버릇이 지?"

짐짓 눈을 부라리며 라이어가 말했다.

"쳇."

그 모습이 마음에 안 든다는 듯 이슈인이 고개를 획 돌렸다.

이슈인 써드 폰.

앞으로 30일 간 써드 폰으로서 복무할 것.

그것이 이슈인에게 떨어진 징계였다.

오늘이 징계 3일째 되는 날이었다.

"자꾸 그렇게 삐딱하게 굴면 너 제대로 굴려준다, 이슈인 써드 폰."

특히나 써드 폰에 힘을 주어 말하는 라이어다.

벨라나는 그 모습이 재미있다는 듯 가만히 지켜보았다. 라이어는 더욱 신이 나 이슈인을 다그치고 있었다.

"라이어, 이슈인 써드 폰은 이제 27일 남았어. 그다음에는 어떻게 될지 알고 그러는 거야?"

그러다가 라이어의 행동이 좀 지나치다 싶자 벨라나가 끼어들었다. 어쨌든 이슈인의 본 계급은 자신들보다 높았다. 아무리 아카데미 동기라 하더라도 말이다.

"아차."

그 말에 그제야 라이어가 정신을 차렸다.

"27일 뒤에 다시 뵙겠습니다, 라이어 써드 나이트님."

이슈인이 부동자세로 지그시 라이어를 보며 말했다.

"그런데 무슨 일입니까?"

어쨌든 현재 이슈인의 계급은 써드 폰, 계급이 깡패인 군대였기에 이슈인은 일단은 고분고분 굴어주었다. 징계로 된 써드 폰이라고 하나 너무 삐딱하게 굴어서야 주변에서 곱게 볼리 없었다.

"아, 이쪽 구동 마법진이 좀 이상한 것 같아서. 원래 정비 마법사에게 보여야 하지만 지금 이런 상황이라 말이지."

지금 대부분의 라이더가 자신의 기간테스를 꺼내서 정비를 하는 상황이다. 전투가 없을 때일수록 준비를 철저히 해야 하는 법. 라이더들은 그런 원칙에 충실했고 덕분에 정비 마법사들과 정비 기술자들만 죽을 맛이었다.

"알겠습니다."

아카데미 시절부터 기간테스에 관련된 모든 과목에서 발군의 실력을 보이던 이슈인이었기에 라이어가 도움을 요청한 것이다. 그저 써드 폰으로 강등된 동기를 놀려 먹기 위해서만 부른 것만은 아니었다.

"라이어 것 끝나고 내 랩터2도 부탁해."

"오케이."

이슈인은 내장갑까지 들추고는 구동 마법진을 찾아서 복구 작업을 진행했다. 지속적인 충격에 마나 회로가 조금 뒤틀려 있었다.

라이어의 랩터2를 다 보고 벨라나에게로 갔다.

"힘들지?"

"뭐, 그럭저럭."

벨라나의 물음에 이슈인은 무덤덤하게 대답했다.

"크, 그러게 왜 명령을 어겨서는. 이렇게 철저히 명령에 따라야 하는 써드 폰이 된 거야. 앞으로는 조심해."

"네, 네. 알겠습니다."

벨라나의 말에 심사가 꼬인 것인지 이슈인이 목소리가 곱지 않았다.

"쯧."

벨라나가 혀를 차며 이슈인의 어깨를 두드렸다.

"시간 금방 간다."

그리고 벨라나는 콕피트로 올라갔다. 전체적인 구동 상황을 알아보기 위해서였다.

공화국 측은 현재 열세였기에 철저히 방어로 일관했다. 덕분에 메틀라인 왕국에서 공격을 하지 않는 이상은 전투가 없었다.

이슈인이 단독으로 적의 본진으로 쳐들어가서 디스토션을 늘씬 두들겨 팬 것이 효과가 있었던 모양이다.

"그래, 거꾸로 돌려봐도 시계는 간다니까."

어느새 다가온 것일까? 자신의 정비를 끝낸 듯 라이어가 이슈인의 어깨를 두들겨 주면서 말했다.

"그런데 요즘도 그 백작님이 계속 너 찾더라."

라이어의 말에 이슈인의 이마에 주름이 늘었다.

그날 그렇게 콕피트에서 도망친 후 아론 백작은 늘상 이슈인을 찾아온다. 다시 레퀴엠을 기동해 보라는 것이 그 이유였다. 이슈인이 아니면 아무도 레퀴엠을 움직일 수가 없었다. 아스카론을 꽂는 것으로 마나 엔진 자체는 기동이 되지만 그것도 이슈인이 꽂아야만 가능했다.

레퀴엠에 대한 연구는 일단 마나 엔진을 기동시키는 것만으로도 충분했다. 하지만 싱크로율만큼은 라이더가 필요했는데 지금 레퀴엠의 라이더인 이슈인이 도망 다니고 있는 것이다.

순간 최대 싱크로율 88.9%라는 수치.

그것은 아론 백작의 눈을 뒤집히게 하기에 충분했다. 대륙의 학계에서 이론적으로도 불가능한 수치라고 제시한 싱크로율을 훌쩍 뛰어넘은 것이기에 아론 백작은 몸이 달았다.

그나마 이슈인이 이렇게 도망 다닐 수 있는 것은 아론 백작이 군부의 인물이 아니라는 것이다. 메테나이져의 연구원이지만 군부의 사람이 아니었기에 명령을 피해 요리조리 도망 다니고 있는 것이다.

"너 자꾸 도망 다니면 사단장님 명령이 떨어질지도 몰라."

이슈인이 작업하고 있는 뒤에 풀썩 주저앉아서는 라이어가 걱정스런 목소리로 말했다. 이미 명령 불복종으로 찍혀 있는지라 또 어떤 징계를 받을지 몰라 그런 것이다.

일단 아론 백작은 군부의 인물이 아닐 뿐 사단장보다 윗줄이었다.

"몰라."

이슈인은 짧게 대답했다.

이슈인으로서도 곤란했다. 자신이 생각해도 그런 기록적인 싱크로율을 보인 것은 분명 그레이트 서클 때문이다. 하지만 그것은 바인트에게 배운 비전. 그것을 다른 사람에게 보여줄 수 없었다.

―이슈인, 귀찮다. 네가 이 인간 좀 떨어지게 해다오.

그때 아스카론의 목소리가 이슈인에게 들렸다.

'그레이트 서클은 보여줄 수 없어.'

―안 보여주면 되지 않나. 이 인간이 원하는 것은 네가 레퀴엠을 움직이는 것이지, 그 싱크로율을 재현하는 것이 아니다.

'아니, 내가 재현하기를 원할 걸.'

―네가 안 하면 그만이다.

아스카론의 말도 맞았다. 하지만 이슈인은 그런 생각을 잠시 했다가 아론 백작의 광기 어린 눈동자를 보고 곧 포기했다. 그의 기세는 88.9%를 다시 한 번 보여주기 전에는 자신을 레퀴엠의 콕피트에 가둬놓을 듯했다.

휘이잉.

그때 공중에서 공기를 가르는 소리가 울렸다.

모두들 하늘로 시선을 돌렸다.

세 기의 랩터2가 날아오고 있었다.

"호오, 바톤 윙을 운용하는 라이더가 더 생겼다고 하더니 저 사람들인 모양이네."

벨라나가 콕피트에서 내려오면서 말했다.

"음. 나도 한번 도전해 보고 싶은데."

라이어가 손을 뒤로 집고 하늘을 올려다보면서 말했다.

"말해줄까?"

"아니, 아직 내 싱크로율로는 어림도 없지."

이슈인의 물음에 라이어는 고개를 저었다.

휴우웅.

본진의 중앙 공터에 세 기의 랩터2 윙이 내려섰다. 콕피트가 열리며 각 라이더들이 내려왔다.

"어라, 밀레느 교관이네?"

멀리서도 알아본 라이어가 의외라는 듯 두 눈을 동그랗게 떴다.

"그게 언제적 일인데 아직도 교관이야? 밀레느 프라임 나이트지. 이제는 그냥 상관이야."

벨라나의 말에 라이어는 피식 웃었다.

"머리로는 아는데… 몸이 말을 안 들어서 말이지. 내가 훈련소에서 좀 당했어야지."

"그거야 네가 뺀질거리니까 그렇지."

"픗."

이슈인의 말에 벨라나가 작은 웃음을 터뜨렸다.

"쳇. 이슈인 써드 폰. 오늘 먼지 나게 놀아볼까?"

"아아, 27일 후로 예약하지."

"됐네."

밀레느가 사단장에게 배치 보고를 하는 것을 뒤로하고 세 사람은 잠깐의 여유를 즐겼다.

"아무래도 저 3기의 배치 때문에 오늘까지 전투가 없었나 보네. 내일부터는 바쁘겠네."

이슈인의 말에 라이어와 벨라나가 양쪽에서 그의 어깨를 두드렸다.

"그럼 내일도 최전방에서 힘내라구."

"그래. 우리가 뒤에서 차근차근 정리할게."

그랬다.

이제는 레퀴엠이 공격의 선봉이라는 것은 부동의 사실이 었다.

다음날.

라이어와 벨라나의 예상대로 출격 명령이 떨어졌다. 랩터2 윙이 세 기가 보충되었기에 작전의 자유도가 높아졌다. 이슈 인이 선봉으로 전방을 향해 공격하고 아덴과 밀레느가 좌우로 펼쳐져 각기 다른 진영을 공격한다. 그리고 나머지 두 기의 랩터2 윙은 혹시 모를 적들의 비공정 공격에 대비해 남기로 했다. 그리고 각각 2개의 기갑중대가 이슈인과 아덴, 밀레느의 뒤를 받치기로 했다.

09시. 사단장의 명령과 함께 공격은 시작되었다.

[후훗. 설마 써드 폰의 계급을 가진 라이더가 있을 줄은 꿈에도 몰랐어.]

통신을 통해 짧은 놀림을 마친 밀레느는 빠른 속도로 자신이 맡은 진영을 향해 날았다. 아직은 이슈인이나 아덴에 비해 비행하는 모습이 불안했지만 그래도 작전을 충분히 수행할 정도는 되었다.

"쳇."

밀레느의 말에 혀를 찬 이슈인은 자신이 맡은 방향으로 전력으로 날았다.

이카루스가 푸른 하늘에 주홍빛으로 빛났다.

얼마 전 본진으로 향하면서 지나쳤던 진영에 도착하기까지는 그리 오랜 시간이 걸리지 않았다. 진영을 발견하자마자 이슈인은 즉시 지상으로 착륙했다. 공중에서 투창으로 공격을 할 수도 있었지만 지금 기분으로는 직접 치고 받아야 할 것 같았다.

"빌어먹을, 레퀴엠이다!"

공화국군은 비상이 걸렸다. 이미 준비 중이던 12기의 자이안이 거친 기동을 시작했다. 하지만 레퀴엠의 상대는 아니었다.

이슈인이 그레이트 서클을 따라 레퀴엠에 마나를 순환시키기 시작하자 레퀴엠은 급격한 기동을 보여주었다. 가히 상상을 초월하는 움직임이었다. 도저히 기간테스로는 구현할 수 없는 기동을 보여주었다.

일루전 문을 사용하는 레퀴엠의 모습은 그야말로 바람과도 같았다. 자이안이 열두 기나 되었지만 도무지 손을 쓰지 못했다.

이슈인은 플레임 블레이드와 블리자드 블레이드의 수법으로 순식간에 6기의 자이안을 쓰러뜨렸다.

"저, 저게 가능한 거야? 기간테스가……."

너무나도 엄청난 공격에 공화국군의 진영은 경악과 혼돈에 빠졌다.

이슈인은 그런 분위기에 아랑곳 않고 자신의 임무를 충실히 수행했다.

써드 폰이라는 계급은 한 달이면 충분했다.

"한 번 더 같은 잘못을 저지르면 그때는 기간이 세 달로 늘어날 거야."

크로아 사단장의 말이 아직도 귓가를 간질이고 있었다.

콰콰쾅!

강렬한 폭음을 뒤로하고 나머지 자이안도 모두 쓰러졌다.

너무 싱거운 전투다.

레퀴엠의 압도적인 출력과 이슈인의 사기와도 같은 싱크로율, 그리고 운용 능력의 결과였다.

—마나 잔량이 전체의 30%다.

아스카론의 말에 이슈인은 고개를 끄덕였다. 오늘 사용한 피어스 브레이크는 모두 네 번. 그 정도에 전체 마나의 65% 정도가 소모되었다.

"인피니트 소드를 제대로 펼치면 마나 소모가 너무 커."

이슈인이 낮게 중얼거렸다.

—네가 미숙하기 때문이다.

아스카론이 이슈인의 속을 긁었다. 하지만 그 말이 사실이었기에 이슈인은 아무런 대꾸도 하지 못했다.

'앞으로 좀 더 인피니트 소드를 가다듬어야겠어.'

결국 남아 있는 일은 수련이다.

이슈인은 자이안 열두 기를 처리한 이후 가만히 있었다. 굳이 레퀴엠이 움직이지 않아도 공화국군은 도망가기 바빴다. 이제 후속 부대가 도착하면 저들을 처리할 것이다.

[휘유. 엄청난걸.]

어느 정도의 시간이 흐르자 라이어의 목소리가 들려왔다. 어느새 도착한 것이다.

[소문으로 듣기는 했지만, 어떻게 기간테스로 피어스 브레이크를 사용할 수 있는 거야? 그것도 몇 번씩이나. 이건 완전 사기라고. 이슈인 알아? 괴물도 네 녀석을 보면 괴물이라고 할 거야.]

　라이어는 쉬지 않고 통신을 보냈다.

　말을 하진 않지만 다른 사람들 역시 라이어와 같은 심정이었다.

　대륙의 상식을 두 가지나 무참하게 찢어 발겼으니 어찌 그렇지 않을까.

　그 후로도 왕국군의 작전은 순조롭게 펼쳐졌다.

　이후 바톤 윙의 운용이 가능해진 라이더가 세 명이 더 늘었다. 그 덕에 메틀라인 왕국의 영토 회복은 더욱 빠르게 진행되었다.

　공화국의 비공정을 이용한 폭격은 곧 수가 늘어난 랩터2 윙에 의해 차단되었다.

　밀레느가 작전에 첫 투입이 되고 한 달이 흐른 후 드디어 메틀라인 왕국은 예전의 영토를 모두 회복했다.

　이제 남은 것은 반격뿐이다.

　이슈인은 다시 써드 룩의 계급을 되찾았다.

＊　　　＊　　　＊

쾅!

테이블을 거칠게 내려치는 소리가 요란하게 움직였다.

"대체 그게 무슨 말입니까? 상황을 지켜봐야 한다니요! 이미 우리 왕국군은 기세를 탔습니다. 이 기세를 이용해서 일거에 공화국을 밀어버려야지요!"

배틀러 군단의 군단장을 맡고 있는 헬타드 알자엘 백작의 목소리가 격해졌다.

일단 왕국 내에서 벌어지는 전투였기에 배틀러들이 활약할 기회가 그리 많지 않았다. 물론 점령지 정리에 배틀러들도 활약을 하고 있지만 그들의 진가가 빛나는 것은 방어전이 아닌 침공전이었다.

게다가 그동안 공화국에게 영토의 일부를 내준 이후 겪은 수치가 어디이던가.

그런 만큼 그의 생각은 오로지 공격뿐이었다.

그런데 지금 귀족 회의에서 이안 국방 차관이 일단 숨고르기를 하겠다는 의견을 말한 것이다. 그로서는 화가 날 수밖에 없었다.

"공화국의 움직임이 심상치가 않습니다."

이안이 천천히 입을 열었다.

"우리 군의 위력에 눌린 것이겠지요."

"추가적인 바톤 윙 라이더의 양성과 레퀴엠의 활약으로 분명히 우리 군의 전력이 상승한 것이 맞습니다만, 그것을 감안

하더라도 진격이 너무 빠릅니다. 공화국에서 무슨 일을 꾸미는지 알 수가 없습니다. 이런 상황에서 기세를 탔다고 섣불리 움직이다가 어떻게 뒤통수를 맞을지 알 수 없습니다."

이안은 신중했다.

"그러다가 우리 군의 기세가 꺾이면 어떻게 할 것이란 말입니까?"

"조금 전 헬타드 백작께서 말씀하신 대로 우리 군은 강합니다. 기세가 꺾인다고 문제가 생길 일은 없습니다."

이안은 담담하게 말했다.

"꼭 그 문제 때문에 그러는 것입니까?"

라파엘 후작이 끼어들었다. 그가 생각하기에도 이번 숨고르기는 납득할 수 있었다. 하지만 이안이 그런 결정을 내렸다면 분명 다른 이유가 있을 것이라 생각하고 던진 질문이다.

"일단 원글로스 왕국과의 문제입니다."

이안의 말에 다들 그제야 깨달았다는 듯 고개를 끄덕였다.

일단 공화국과 메틀라인 왕국은 국경이 맞닿아 있지 않았다. 그 사이에 원글로스의 국경이 있는 것이다. 공화국의 경우는 원글로스 왕국의 내란을 틈타 원글로스의 귀족파와 협약을 맺어 그 영토를 가로질러 메틀라인 왕국으로 진격해 온 것이다. 그들이 지나온 땅이 귀족파의 세력권이라 가능한 일이었다.

하지만 메틀라인 왕국은 원글로스와 아무런 협약도 되지

않은 상태다. 이 상황에서 무턱대고 국경을 넘을 수 없었다. 더군다나 이미 공화국과 협약을 맺은 원글로스의 귀족파가 순순히 길을 열어줄 리도 없었다.

"흐음… 그럼 공화국을 공격할 수 없는 겁니까?"

라파엘도 그제야 알아차렸다는 듯 심각한 얼굴로 물었다. 그 역시 공화국에 응분의 대가를 치르게 하지 않으면 안 된다는 생각이었다.

"해군을 이용한 공격이 있겠지요."

"비바체 함대의 위력이라면 가능하겠군요."

미켈란 후작이 고개를 끄덕이며 중얼거렸다. 국방부 장관인 그가 오히려 차관인 이안의 의견에 따른다는 것이 기형적인 구조였지만 그것은 장관인 미켈란 후작이 스스로 권한을 위임한 덕이었다. 그런 만큼 그는 전폭적으로 이안을 지지했다.

"보급에 문제가 많겠군요."

라파엘 후작이 곤란하다는 듯 말했다. 그 말에 이안이 고개를 끄덕였다. 해군 전력에 한계가 있으니 보급이 수월히 이루어질 리 없었다.

"그리고 마나석의 문제 역시 있습니다."

이어진 이안의 말에 모두의 시선이 그에게 향했다.

"마나석이요? 충분히 비축된 것이 아니었습니까?"

라파엘이 알 수 없다는 듯 물었다. 마나석은 전쟁에 있어서 굉장히 중요한 전략 물자다. 기간테스를 구동하는 에너지원이 되기에 절대적으로 충분히 확보해야 하는 것이다.

"마나 캐논과 바톤 윙 덕분에 비축분이 제법 모자라게 되었습니다."

"허어."

그 말에 다들 탄식을 토했다.

"지금은 마나석의 가격이 천정부지로 솟아올랐을 텐데요."

라파엘 후작이 곤란하다는 듯 얼굴을 찡그렸다.

"가격이 문제가 아니라 아예 판매하는 곳이 없을 겁니다."

이안의 말이 맞았다. 전쟁의 불똥이 어디로 튈지 모르는 상황인 이상 다들 전략 물자인 마나석을 확보하기에 정신이 없을 것이다.

"흐음, 문제가 좀 있군요."

그제야 헬타드 백작이 자신의 의견을 거두었다.

"말씀드리려 했습니다만, 제가 길게 말할 기회를 좀처럼 주지 않으셔서요."

이안의 말에 헬타드 백작은 머쓱한 얼굴로 머리를 긁적였다. 군단장의 직책에 있음에도 아직도 전장에서 활약을 하는 듯 혈기왕성한 모습을 보이는 탓에 일단 언성부터 올라간 것이다.

"해결책도 있겠지요?"

미켈란 후작이 믿는다는 얼굴로 물었다. 모두의 시선이 다시 이안을 향했다.

이안은 잠시 주변을 돌아보았다. 숨을 깊게 들이마시고 내쉬었다. 그렇게 잠시 뜸을 들였다.

그리곤 입을 열었다.

"지도의 이곳을 봐주시기 바랍니다."

이안이 거대한 지도의 한 곳을 가리켰다.

"그곳은 셀 산맥이 아니오?"

하이드론 공작이 의아한 듯 물었다.

"그렇습니다. 이곳에 대륙에서 다섯 번째로 큰 마나석 광산이 있지요."

"록힐 광산 말이군요."

라파엘이 고개를 끄덕이며 말했다.

"네, 그곳입니다. 공화국의 영토는 생각보다도 풍요롭습니다. 각종 자원이 풍부하지요. 유황만 하더라도 그렇고, 마나석 광산도 세 곳이나 가지고 있습니다. 록힐 광산은 다른 두 곳을 합친 것과 맞먹을 정도의 생산량을 보이고 있지요."

이안이 설명한 것은 다들 아는 내용이다. 유황이나 마나석 말고 다른 자원들도 풍부했다.

"반면 우리 왕국의 마나석 광산은 고작 한 곳인데다가, 그곳도 서서히 고갈되어 가고 있지요."

이안의 말에 모두의 얼굴이 심각하게 굳었다. 이것은 정말로 위험한 상황이었다. 자국 내 전략 자원의 고갈이라는 사태가 눈앞에서 기다리고 있는 것이다.

"그래서 말입니다. 록힐 광산을 우리가 먹을까 합니다."

쿠쿵.

그 말은 모두의 머리에 둔중한 충격을 가했다.

"하지만 그곳은 원글로스를 지나야 하는 곳이라고 조금 전에 말하지 않았습니까?"

헬타드 백작이 이해할 수 없다는 얼굴로 물었다.

"물론 그렇습니다만, 공화국 영토 내로의 진격이 아닌 거점의 확보 정도는 가능합니다."

그 말에 모두 고개를 끄덕였다. 적의 영토 중심부로 치고 나가는 것과 자국과 가까운 곳에 거점을 확보하고 방어하는 것은 확실히 달랐다.

"어떻게 원글로스의 영토를 지날 생각이지요?"

하이드론 공작이 물었다.

"사실 하늘을 날아 적의 진영으로 간다는 개념은 이번 전쟁에서 처음으로 대륙에 나타났습니다. 아니, 하늘을 이동의 공간으로 이용한다는 개념 자체가 아직 완전히 자리를 잡지 않았습니다. 비공정이 개발되고 그리 많은 시간이 지나지 않은 데다 다들 비공정을 주로 자국 내에서만 사용을 한 탓이죠. 일단 제 개인적인 생각으로는 하늘도 분명한 영토입니다. 하지만 지금 과연 그런 주장을 할 만한 국가가 있을까요? 영토 내에 착륙하는 것도 아니고 그냥 지나가는 것인데 말입니다. 제국은 혹시라도 모르겠습니다만, 내전에 정신이 없는 원글로스 왕국이라면 다르지요."

"아!"

이안이 무슨 말을 하려는지 깨달은 사람들은 찬탄을 터뜨렸다. 그들 역시 아직 하늘의 영토에 대한 개념이 희박했던 탓이다.

"제가 생각하는 계획에는 헬타드 백작님의 협조가 절대적으로 필요합니다."

"네? 그게 무슨 말씀입니까?"

이안의 말에 헬타드 백작이 반문했다. 이번 작전과 자신과의 연관성을 쉬이 생각하지 못한 때문이다.

"배틀러가 필요합니다. 그것도 최고의 실력을 가진 이로 말이죠."

사람들은 이안의 이야기에 집중하고 있었다. 어떤 작전이 나올 것인지 귀를 쫑긋 세웠다.

"현재 우리 군에서 운용이 가능한 윙 기간테스는 레퀴엠을 포함해 일곱 기입니다. 그중 여섯 기를 이번 작전에 투입할 생각입니다. 단 한 기만 위력 비행에 투입해서 공화국의 시선을 돌릴 생각입니다. 기간테스의 콕피트에는 한 사람 정도 더 탈 수 있는 공간이 있지요. 그 공간에 배틀러를 각 한 명씩 탑승시켜 록힐 광산으로 보낼 겁니다. 기간테스로 주변을 정리하고 광산 내부는 배틀러들이 제압하는 것이죠. 일단 공화국 쪽에서는 설마 록힐 광산을 공격할 것이라 생각지 못할 테니 방비가 그리 철저하지는 않을 겁니다."

이안이 단숨에 긴 설명을 쏟아냈다. 알아들은 몇몇은 고개를 끄덕이며 감탄을 토했고, 알아듣지 못한 사람들은 주변 사람에게 다시 묻기에 바빴다.

"아무리 배틀러라지만 단 여섯으로 광산을 제압할 수 있을까요?"

라파엘 후작이 고개를 갸웃거리며 의문을 제기했다.

그 물음에 헬타드 백작은 살짝 불쾌한 표정을 지으며 입을 열었다.

"문제없습니다. 우리 왕국의 배틀러는 최정예입니다. 비록 진격전에서 기간테스에 밀려 그 가치를 작게 보는 분들이 있습니다만, 배틀러도 충분히 위력적인 우리 군의 병사들입니다. 여섯이면 일반 병사들일 뿐인 광산 정도는 충분히 제압하고도 남습니다."

자신의 휘하에 있는 배틀러를 우습게보지 말라는 뜻이 명백한 대답이다.

"그렇다는군요."

이안이 라파엘 후작을 보면서 말했다.

"그렇게 점령한 후 그들만으로 록힐 광산을 방어한단 말입니까?"

하이드론 공작이었다.

"물론 아닙니다. 그 후 포털 마법진을 설치해서 우리 왕국의 병사들을 보내야지요."

"일단 거리부터 너무 멀고, 대규모의 병사들을 포털을 이용해 보내는 것이 가능하다고 생각합니까?"

하이드론 공작이 어처구니없다는 듯 반문했다.

"중간에 원글로스 왕국의 영토가 있습니다만, 사실 아이노 강 하류에서 록힐 광산까지의 직선거리는 생각보다 가깝습니다. 충분히 포털을 이용할 수 있습니다."

"그거야 소규모의 이동일 때 이야기 아니오. 군대를 보낸다면 이야기가 달라집니다. 포털의 수를 늘리던가, 포털의 규모를 키워야 하는데 과연 그만한 마나를 공급할 수 있단 말이오?"

이어진 하이드론 공작의 물음에 이안이 빙그레 웃으며 답했다.

"그곳이 어떤 곳인지 잊으셨습니까? 마나석이 잔뜩 묻혀 있는 록힐 광산입니다. 그곳에서 채취되는 마나석을 이용하면 충분히 해결할 수 있다고 생각합니다만."

이안의 대답에 하이드론 공작은 아무런 말도 하지 못했다. 과연 충분히 실현 가능한 계획이었다.

"그러면 포털 마법진을 설치할 마법사들은 어떻게 합니까?"

미켈란 후작의 물음이다.

"일단 광산을 제압한 후 세 기 정도의 기간테스가 두 번 정도 왕복을 하게 할 겁니다."

"마법사의 공급은요?"

이어진 물음에 이안은 가만히 아무 말도 없는 도나텔 공작을 향했다.

"부탁드려도 되겠습니까, 도나텔 원장님? 우리 왕실 마법원이라면 우수한 마법사가 충분할 것 같습니다만."

도나텔 공작은 아무 말이 없었다.

모두의 시선이 그에게로 향했다.

"으음······."

도나텔 공작의 입술을 비집고 작은 한숨이 새어 나왔다.

"나더러 꼭 나와 달라고 하더니 이 때문이었나?"

"그렇습니다."

이안이 멋쩍게 웃으며 대답했다.

"이미 국왕 전하의 허락은 얻은 후일 테지."

"그렇습니다."

이안은 같은 대답을 할 수밖에 없었다. 도나텔 공작 정도로 노회한 인물에게는 이미 지금까지의 상황을 지켜보는 것만으로도 그 뒤에서 있었을 일을 짐작하는 것은 손바닥 뒤집기만큼이나 쉬운 일이었다.

이안의 대답에 귀족들이 술렁였다. 이미 국왕의 재가를 받은 사안을 다시 자신들을 모아놓고 회의를 벌였다는 사실에 불쾌해하는 이들이 많았다. 엠피엘 국왕과 이안의 손에 놀아났다는 생각에서다.

"그렇다면 도와야지 어쩌겠나. 포털 마법진에 실력이 좋은 이들로 여섯 정도 선발해 놓겠네."

"감사합니다."

이안이 허리를 숙여 인사를 했다.

그렇게 누구에게는 기대를 누구에게는 불쾌감을 안긴 회의가 끝났다.

CHAPTER 3
록힐 광산 공략전

마나 엔진 기동음이 여기저기서 들렸다. 묵직한 저음인 기동음임에도 사방에서 울리니 시끄러웠다.

눈앞에 도도하게 흐르는 푸른 아이노 강과는 너무나 대조되는 분위기다. 준비를 하는 병사들은 정신없이 움직였고, 직접 작전에 투입될 인물들의 얼굴에는 긴장감이 역력했다.

"설마 네 녀석이랑 같이 작전에 다시 투입될 줄은 몰랐다."

마크가 앞에 앉은 이슈인을 보면서 중얼거렸다.

"나 역시 그래. 그런데 록힐 광산 점령이라니, 형도 참 뜬금없어."

이슈인은 피식 웃으며 말했다.

"하지만, 성공한다면 그 가치는 엄청나지. 일단 트랜스 아머에도 마나석은 필요하고, 무엇보다 적의 급소 중 한 곳에 비수를 박아 넣는 거잖아."

"뽑힐 수도 있지."

"너, 말을 해도 너무 부정적으로 한다."

마크가 마음에 안 든다는 듯 말했다.

"아니, 요즘 왠지 불안해. 우리 군이 순조롭게 밀어붙이고 있는데도 공화국이 이대로 물러날 것 같지 않은 느낌이 든단 말야. 너무 쉬운 것이 무슨 일이 일어날 것만 같아."

"신경 과민이다, 그거. 최강의 기간테스 레퀴엠의 라이더가 그렇게 약한 소리를 하면 안 되지. 솔직히 너 혼자서도 록힐 광산쯤은 금세 밀어붙일 수 있잖아. 뭐, 그렇게 하면 광산 자체를 망가뜨리겠지만."

마크의 말에 이슈인은 피식 웃을 뿐 대꾸하지 않았다.

그때, 모든 윙 기간테스에 출격 명령이 떨어졌다. 순차적으로 윙을 펼치고 하늘로 날아올랐다.

"꽉 잡아라, 놀라지 말고."

레퀴엠이 마지막으로 이카루스를 펼치고 하늘로 날아올랐다. 부드러운 기동을 했음에도 마크는 깜짝 놀랐다. 비공정을 타본 경험도 없었기에 하늘을 난다는 것 자체에 놀란 것이다.

그렇게 여섯 기의 기간테스가 서쪽으로 날아갔다.

곧 여섯 기의 기간테스가 일정한 대형을 이루고 날기 시작했다. 레퀴엠과 랩터2 리빌드가 중앙을 차지하고 나머지 네 기가 좌우에서 각각 뒤로 늘어서 V자 형태를 만들었다.

[보조 마법을 모두 발동한다.]

통신을 통해 명령이 들어왔다. 라이더들은 이번 작전을 위해 특별히 제작된 버튼을 눌렀다.

그러자 여섯 기의 기간테스는 조용해졌다. 주변으로 울려 퍼지던 마나 엔진의 기동음이 거의 들리지 않을 정도로 사라졌다.

그 이후의 비행은 조용했다. 라이더들도 침묵했다. 누구도 동료에게 통신을 보내지 않았다. 아무리 윙 기간테스라 하지만, 일단 출력 면에서는 랩터2가 자이안에 밀렸다. 공중에 떠 있지 않는 이상은 안전을 장담할 수 없었다.

그나마 이슈인이 처음 사용하기 시작한 투창 덕에 어느 정도 강세를 보였지만, 가지고 있는 투창의 개수도 네 자루로 제한되었다.

성능에 있어서 땅에서도 충분한 파괴력을 보이는 것은 이슈인의 레퀴엠과 아덴의 랩터2 리빌드 정도였기에 다들 잔뜩 긴장해 있었다. 광산에 직접 침투해 들어가야 하는 배틀러들의 긴장 역시 최고조에 달해 있었다.

그렇게 조용한 비행은 한참 동안 이루어졌다.

[현재 XY-10 지점을 지나고 있다. 작전 목표 지점은 XX-7 록힐 광산이다. 5분 후 목표 지점 상공에 도착한다. 그래도 목

표 지점을 지나 XA—11 지점에서 마나석을 교환한다. 최대한 주변에 엄폐해서 착륙할 수 있도록 한다.]

밀레느의 명령이 다섯 기에 통신으로 전달되었다. 이중 계급이 가장 높은 사람은 이슈인과 아덴이었지만 작전 지휘 경험 때문에 이번에는 밀레느가 중대장을 맡았다. 상급자가 하급자의 명령을 듣게 되는 우스운 일이 경험 때문에 일어난 것이다. 하지만 그 두 사람은 밀레느의 명령에 대한 거부권도 있었고, 어느 정도의 자유 작전권을 부여받은 상태다.

XA—11 지점은 셀 산맥의 8개의 고봉 중 가장 동쪽에 위치한 화이트 엔드(White End)로 높이가 3,021미터 정도의 고봉이었다. 록힐 광산은 해발 437미터 정도의 높이에 위치했기에 기간테스의 착륙을 쉬이 관측할 수 없는 위치였기에 중간 보급지로 선택되었다.

가까운 거리라고는 했지만 아이노 강에서 록힐 광산까지의 거리는 약 500킬로미터다. 바톤 윙의 최고 속도는 시속 300킬로미터이고 그 속도로 두 시간의 항속이 가능하다. 이카루스는 별개이지만 그것만으로도 1시간 40분의 비행을 해야 한다. 그러면 바톤 윙의 마나 잔량은 16.7%에 불과하게 된다. 도저히 작전 가능한 마나 잔량이 아니었기에 XX—7에서 10킬로미터 정도 떨어진 XA—11에서 중간 마나 보급을 하기로 한 것이다.

여섯 기의 기간테스가 조용히 착륙했다.

이 작전을 위해 아론 백작이 심혈을 기울인 프로텍티브 컬러(Protective Color)와 사일런트(Silent) 마법을 여섯 기의 기간테스에 부여했다. 디스토션을 참고해서 한 것이었지만 이 두 가지 마법은 고작 다섯 시간 유지가 한계였다.

프로텍티브 컬러는 기간테스의 외장갑을 주변 색과 동화할 수 있게 해주었다. 덕분에 하늘색과 동화하여 이곳까지 올 수 있었다. 자세히 보면 주변과 다름을 알 수 있지만 높은 고도로 비행하는 기간테스를 구분하기는 불가능했다. 사일런트는 마나 엔진 기동음과 기간테스의 기동음을 감추어주었다.

마법의 효과 지속 시간은 이제 세 시간 20분 정도 남았다.

"자 빨리빨리 마나석 교환하고 20분 휴식한다. 그리고 바로 이 단계 작전 시작이야."

밀레느가 라이더들을 재촉했다.

"이슈인 써드 룩님, 아덴 써드 룩님. 잘 부탁드립니다."

직접 착륙하여 백병전을 치르는 것은 그 두 사람이었다. 나머지 네 기는 공중에서 요격 지원만 하다가 어느 정도 정리가 된 후 착륙하기로 되어 있었다. 이번 작전의 열쇠는 이슈인과 아덴이 쥐고 있었다.

"걱정 마라."

이슈인이 밀레느의 어깨를 툭툭 치고는 싱긋 웃으며 말했다. 이슈인의 반말에 밀레느의 표정에 약간의 불만이 어렸고, 이슈인은 통쾌한 웃음을 지었다. 훈련병 시절에는 꼭 한 번

이렇게 해보고 싶었다.

"휘유. 이슈인 출세했네."

마크가 부럽다는 듯 말했다. 그 말에 밀레느의 두 눈이 쭉 찢어졌다.

"마크 로지아!"

"프라임 나이트입니다. 끝까지 불러주시죠."

마크 역시 빙그레 웃으며 말했다. 그 말에 밀레느는 두 주먹을 꽉 쥐었다.

어느새 마크 역시 그녀와 같은 계급이 되어 있었다.

"쳇."

밀레느는 마음에 안 든다는 듯 고개를 돌렸다.

"하하. 교관님, 저 친구들이 장난치는 거니 너무 마음에 두지 마세요."

그때 다른 배틀러 하나가 사람 좋게 웃으며 말했다. 이슈인, 마크와 동기인 인물로 로체인 세컨 나이트였다.

이슈인의 경우는 레퀴엠 덕분에, 그리고 마크는 근위기사라는 보직 덕에 진급이 빠른 것일뿐, 그 동기들은 모두 아직 세컨 나이트였다.

밀레느 역시 그 사실을 알고 있었다. 하지만 자기 밑에 있던 햇병아리들이 어느새 계급이 같거나 높아졌다고 기어오르는 모습이 영 마음에 들지 않았다.

"이봐, 로체인. 밀레느 프라임 나이트는 교관님이라고 부르는 거 더 싫어한다."

마크가 빙긋 웃으며 끼어들었다.

"시끄럿!"

결국 밀레느의 입에서 뾰족한 소리가 튀어나왔다. 다들 짜고 자신을 놀리는 것 같아 기분이 나빠진 것이다.

"푸하하하!"

덕분에 잔뜩 긴장한 대원들 사이에 웃음이 터져 나왔다.

"자자, 긴장을 풀자고 그런 것 같으니 밀레느 퍼스트는 이만 기분 풀게."

이번 작전에서 배틀러의 지휘를 맡은 아몰 세컨 룩이었다.

"알겠습니다."

상급자의 중재에 밀레느는 억지로 수긍을 했다.

"자네들도 사과하고. 아무리 계급이 우선인 군대라지만 그래도 경력에 따른 예우라는 게 있는 법이야."

"죄송합니다."

"장난이 지나쳤습니다."

마크와 이슈인도 역시 사과를 했다. 긴장을 좀 풀자는 생각에 한 장난이었지만 정작 그 대상이 된 지휘관의 기분이 너무 상했다. 이래서는 작전에 지장을 줄 수도 있었다.

"됐네, 걱정 마. 난 괜찮으니까."

밀레느도 어느새 베테랑의 기운을 풍기기 시작하고 있었다.

"자, 휴식 시간 끝났어. 그럼 한바탕 휘저으러 가야지."

밀레느가 손벽을 짝짝 치면서 부하들의 주의를 환기했다.

"그럼 잘 부탁드립니다. 아몰 세컨 룩."

"걱정 말고 어서 가지."

아몰은 밀레느의 랩터2에 올랐다.

여섯 기의 기간테스가 조용히 날아 올랐다. 시속 300킬로미터로 날 수 있는 기간테스에게 10킬로미터는 아주 짧은 거리다. 금세 작전 지역 XX—7 록힐 광산이 눈에 들어왔다.

[레퀴엠, 랩터2 리빌드는 각각 두 자루의 투창 투척 후 즉시 착륙 공격한다. 다른 랩터2들은 투창 장비 후 공중 대기한다.]

밀레느의 명령이 떨어졌다.

[오케이.]

[라져(Roger).]

레퀴엠과 리빌드는 순식간에 두 자루의 투창을 좌우 손에 소환해 들더니 곧바로 아래로 투척했다. 목표 지점은 광산 주변의 진지였다.

콰콰쾅!!

강렬한 폭음이 산을 뒤흔들었다.

"적이다!"

광산 경비대는 깜짝 놀라서 튀어나왔다.

그 모습에 이슈인을 비롯한 왕국군의 얼굴에 웃음이 어

렸다.

완벽한 기습이었다.

이슈인과 아덴이 바닥에 착륙하여 검을 뽑아 들었을 때까지만 해도 록힐 광산 점령 특공대들은 분명 그렇게 생각했다.

하지만 땅에 내려서는 순간 이슈인은 이상함을 느꼈다. 지금까지 공격했던 무수한 적 진영의 병사들과 반응이 전혀 달랐다. 허둥대는 것 같았지만 이들은 침착하게 대응하며 움직이고 있었다.

지금까지의 경험으로 이슈인은 그 사실을 알 수 있었다.

[뭔가 이상하다.]

이슈인은 즉시 통신으로 자신의 느낌을 알렸다. 아덴 역시 비슷한 것을 느꼈는지 리빌드의 기동이 조심스러웠다.

[움직임이 보통 병사들이 아니야. 틀림없이 엄청난 훈련을 받은 정예병들이야.]

이슈인이 사방을 둘러보면서 의심스럽다는 듯 중얼거렸다.

—사방에서 마나 엔진 반응이 포착됐다. 모두 40기다.

그때 아스카론의 목소리가 울렸다.

"빌어먹을 그걸 왜 이제야 말해주는 거야!!"

이슈인은 아스카론의 말에 깜짝 놀랐다. 40기의 기간테스라면 무려 네 개 중대다. 그만한 기간테스가 고작 광산 하나를 지키자고 숨어 있을 리 없었다. 적들은 자신들의 점령 작전을 알고 미리 대비하고 있었던 것이다.

[매복이 있다! 기간테스 매복이 있다! 모두 40기로 추정. 주의하라!]

일단 이슈인은 통신으로 매복의 존재를 알렸다. 그 말에 즉각 특공대에 혼란이 찾아왔다. 어디에도 적 기간테스의 모습은 보이지 않았다. 그런데 이슈인이 다급히 외치니 어찌할 바를 모르는 것이다.

아덴은 행동이 빨랐다.

이슈인이 저렇게 다급한 데는 분명 무슨 이유가 있을 것이라 생각하고 즉시 공중으로 날아올랐다. 기간테스가 매복하고 있다면 가장 안전한 곳은 공중이었다.

—적들이 마법을 이용해 숨었다. 그래서 알아차리는 것이 늦었다.

그때 아스카론의 변명이 이슈인의 머리에 들렸다.

"됐어, 매복 위치나 알려줘."

—이곳부터 광산 주변까지 모두 땅속에 숨어 있다. 은폐 마법과 침묵 마법이 함께 펼쳐져 있었다.

"젠장, 어떻게 한 기도 피해를 안 입은 거야?"

착륙하기 전에 던진 투창을 말하는 것이다.

—대략 열 기 정도 파괴한 것으로 보인다.

적들의 마법을 파악한 덕에 아스카론은 완파된 기간테스의 숫자도 잡아냈다.

"그럼 대체 몇 기나 여기에 깔린 거야. 정말 제대로 빌어먹을이다. 젠장."

젠장과 빌어먹을 소리가 이슈인의 입에서 떨어지지 않았다. 그 정도로 이슈인은 지금 낭패감을 느끼고 있었다.

쿠앙, 콰앙.

그때 땅 위를 덮고 있던 위장판을 집어 던지고 자이안과 데세랄들이 일시에 튀어나왔다. 이제 딜레이 타임이 끝난 것이다. 은폐 마법과 침묵 마법은 바로 딜레이 타임을 벌기 위해 펼쳐 놓은 것이었다.

"정보가 샜어."

하늘에서 그 모습을 지켜보고 있던 밀레느가 잔뜩 일그러진 얼굴로 중얼거렸다. 그녀는 설마 이런 일이 벌어질 줄은 상상도 하지 못했다.

[전원 XA—11 지점으로 후퇴한다. 그곳에서 다시 작전을 짠 후 행동을 개시한다. 전원 후퇴.]

밀레느는 지금은 도저히 광산을 공략할 수 없다고 판단하고 후퇴 명령을 내린 후 XA—11 지점을 향해 날았다.

하지만 오직 이슈인만이 자리를 지키고 있었다.

무려 열 기의 데세랄과 30기의 자이안이 포위하고 있었다. 그야말로 절체절명의 상황이었다.

"이봐, 이슈인! 대체 뭘 어쩌려고 그러는 거야. 그리고 혼자서 뭐라고 외쳐 대는 거야!"

콕피트 조종석 뒤에 앉아서 상황을 지켜보던 마크가 도저히 못 참겠다는 듯 소리쳤다. 그제야 이슈인은 마크가 함께 타고 있다는 것을 깨달았다. 너무나 갑작스러운 상황에 마크를 의식하지 못하고 아스카론과 대화를 해버린 것이다.

"일단 지금은 가만히 있어. 설명해 줄 정신 없어. 많이 흔들릴 테니까 조심하고."

이슈인의 생각에도 이것은 작전 계획이 공화국 측에 새어 나간 것이다. 이것은 귀족 회의에 안건으로 올라가 결정된 지 얼마 되지 않는 최신 극비 작전이었다.

그런데도 공화국군이 그 정보를 입수하고 이런 준비까지 마쳤다는 것은 상당한 고위층에 세작이 숨어 있다는 뜻이다.

"어떤 새끼인지 몰라도 걸리면 죽었어."

이슈인은 누군지 모를 공화국의 세작을 향해 욕설을 퍼부어 대고는 곧 정신을 집중했다. 이슈인의 마나가 레퀴엠의 마나 회로로 흘러 들어가 그레이트 서클을 그리며 돌기 시작했다.

레퀴엠의 두 눈이 밝은 빛을 뿌리며 빛났다.

"이슈인! 대체 어떻게 하려는 거야!"

마크가 불안한 듯 다그쳤다. 아무리 레퀴엠이 대단한 기간테스라 하더라도 마크가 보기에는 지금은 그야말로 목숨이 왔다 갔다 하는 절체절명의 상황이었다.

하지만 이슈인은 아무 대꾸도 하지 않았다. 그저 레퀴엠과 자신을 동화시키는데 정신을 집중할 뿐이었다. 이슈인이 인식하지 못하는 사이 싱크로율은 무섭게 올라갔다.

"간다."

나직한 한마디.

그 말이 끝나는 순간 레퀴엠은 번개처럼 적 기간테스 대형의 한가운데를 꿰뚫고 지나갔다.

라이트닝 윈드의 수법이었다.

"뭐, 뭐야?"

마크는 깜짝 놀란 듯 중얼거렸다. 의자 너머의 화면으로 보이는 바깥 풍경이 너무나 급작스럽게 변한 데 놀란 것이다. 그와 함께 온몸을 뒤흔드는 요동은 자신이 타고 있는 기간테스가 얼마나 빠른 속도로 이동했는지 알려주었다.

쿵, 쿠쿵.

레퀴엠의 뒤로 세 기의 데세랄이 쓰러졌다. 그 초고속의 이동 중에 내지른 검격에 무려 세 기가 완파된 것이다.

"어, 어떻게……."

"저런……."

레퀴엠을 포위하고 있던 공화국 기간테스의 라이더들은 경악했다. 소문은 들었지만 저런 말도 안 되는 기동을 실제로 보니 기가 질려 버린 것이다.

레퀴엠이 천천히 돌아섰다.

레퀴엠의 머리가 움직이면서 아직 남아 있는 서른일곱 기의 적 기간테스들을 돌아보았다. 눈이 번쩍이며 빛나고 있었다.

"우우……."

기간테스에게도 눈빛과 투기와 살기라는 것이 있을까? 서른일곱 기의 기간테스가 동시에 한두 걸음씩 뒤로 물러섰다.

한 기의 기간테스가 서른일곱 기의 기간테스를 포위한 듯한 모습이었다.

"이게 대체 어떻게 되어가는 거야?"

마크가 어이없다는 듯 멍한 얼굴로 중얼거렸다. 그도 소문으로만 들었지 레퀴엠의 실제 기동은 처음 겪는 것이다. 소문을 들었을 때는 군의 사기를 위해 의도적으로 부풀렸다 생각했는데 이것은 오히려 소문이 현실에 미치지 못하는 꼴이었다.

"그럼 계속해 볼까?"

이슈인의 목소리가 외부 확성기를 통해 사방으로 퍼져 나갔다. 의도적으로 확성기를 사용한 것이다.

"우우……."

목소리에마저 살기가 담겨 있었다. 이슈인은 자신도 모르는 사이 목소리에도 기세를 싣게 되었다. 그것이 어떤 경지인지는 스스로도 전혀 몰랐다.

우웅.

레퀴엠이 검이 떨리며 빛을 뿌리기 시작했다. 검을 감싼 기운이 점차 푸른빛의 검이 되었다.

오러 블레이드.

소드 익스퍼트 최상급의 경지를 넘어서 소드 마스터가 되어야만 펼칠 수 있는 경지였다.

"너, 너 어, 어떻게……."

그 모습을 지켜보는 마크는 더 이상 말을 잇지 못했다. 본인이 직접 펼치는 것도 아니고 기간테스가 펼치고 있었다.

소드 마스터의 경지라는 오러 블레이드를 말이다. 이 모습에 놀라지 않을 사람이 과연 대륙에 있을까?

이슈인은 마크의 말이 들리지 않는다는 듯 전방을 뚫어져라 바라보았다. 자신을 막고 있는 서른일곱의 기간테스. 그들을 쓰러뜨려야 했다.

그렇게 이슈인이 홀로 어마어마한 위력을 선보이고 있을 무렵.

밀레느가 이끄는 부대는 어느새 XA-11 지점에 도착했다. 하지만 착륙하지 못했다.

이미 그곳에는 20기의 자이안이 먼저 와서 기다리고 있었다. 자신들이 이곳을 떠난 지 아직 10분이 채 되지 않은 시간이다. 그런데 벌써 저렇게 나타났다는 것은 이미 오래전에 저곳에서 기다리고 있었다는 뜻이다.

아까 중간 보급을 할 때 라이더들이 철저히 은폐한 채 숨어 있었을 것이다. 그리고 자신들이 출발하자 바로 기간테스를 소환하고 마나 엔진 기동을 시작한 것이다.

"아주 철저하게 당했군. 대체 어떤 놈이 정보를 흘린 거야."

밀레느가 입술을 깨물었다.

그야말로 진퇴양난의 상황이다. 이럴 때일수록 지휘관의 판단이 중요했다.

일단 20기의 자이안과 전투를 치른 후 저곳에 착륙을 할 것인가. 아니면 아직 이슈인이 남아 있는 록힐 광산으로 갈 것인가. 그도 아니면 그냥 순순히 본국으로 귀환할 것인가. 아니면 다른 거점을 찾을 것인가.

선택지의 문항은 다양했다. 하지만 어느 하나 쉬운 것이 없었다. 그렇다고 이곳에서 계속 시간을 끌다가 마나 잔량이 0이 되어 땅에 내려서는 것은 그야말로 최악이었다.

"골치 아프게 됐군."

밀레느의 의자 뒤에서 아몰의 목소리가 들렸다.

"정말 그래요."

밀레느의 이마에 주름이 잔뜩 그려졌다.

"아까 이슈인이 광산 지역에 40기 정도의 기간테스가 있다고 했었지?"

"그렇습니다."

"그리고 이곳에 20기라… 지금까지 우리 왕국과의 전투에서 상당한 기간테스를 잃었을 텐데, 이 정도를 동원했다는 것은 분명 정보가 샜다는 뜻이지. 그것도 상당한 고위층에서 말이야."

"분통 터질 노릇이죠."

밀레느의 목소리가 분노로 가늘게 떨렸다.

"자자, 진정하라고. 이럴 때일수록 지휘관은 냉정을 유지해야 해. 가슴은 뜨겁게, 머리는 차갑게. 알잖아. 훈련소 교관 경험까지 있잖은가. 자신이 훈련병에게 가르친 것을 스스로 실천하지 못한다면 우습잖아."

아몰이 밀레느의 어깨를 두드리며 진정시켰다.

"후우, 하아, 후우, 하아."

깊게 심호흡을 한 밀레느는 양손으로 자신의 얼굴을 찰싹 때렸다. 소리가 콕피트를 울릴 정도로 세게 쳤다. 금세 밀레느의 뺨이 손바닥 자국 모양으로 붉게 물들었다.

"감사합니다."

밀레느가 짧게 말했다.

"좋아, 훌륭하군. 그럼 이제 이 난국을 타개할 방법을 찾자고. 지금도 마나는 소모되고 있으니까."

아몰의 말에 밀레느는 고개를 끄덕이며 아래를 내려다보았다. 그녀의 두 눈은 이미 차갑게 가라앉아 있었다.

"광산과 이곳에 투입된 기간테스가 모두 60기. 그만큼 철저히 준비했다는 뜻이긴 하지만… 현재 공화국의 여력이 그 정도가 될까?'

밀레느가 작게 중얼거렸다. 그녀는 재빨리 자신의 기억을 뒤적였다. 전쟁 발발 전 각국의 전력 분석 상황이 어땠는지를 떠올렸다.

"벨런시아 공화국. 추정인구 1350만, 추정 병력 총 25만. 전략 병기 현황은 기간테스가 모두 400기, 트랜스 아머가 1,200기로 추정."

왕국군 정보부에서 받은 정보로는 분명 그랬다. 전쟁 발발 직전의 최신 정보였다.

"그리고 우리 왕국에서의 점령전에서 완파 및 복구 불능의 반파를 당한 기간테스가 약 220기로 추정. 재생산을 감안하더라도 현재 공화국의 잔여 기간테스 추정 기체 수는 대략 200기 내외. 그중 60기가 이곳으로 배치라……."

밀레느는 고민했다.

나머지 140기의 배치 상황이 과연 어떻게 될지.

일반적인 군사 상식으로는 나머지 기체들은 각지의 거점에 배치되어 있어야 했다. 사실 이곳에 이렇게 많은 기간테스를 투입하는 것도 상식을 크게 벗어난 것이다. 물론 정확한 정보를 바탕으로 적의 주력인 윙 기간테스를 반드시 잡겠다는 각오가 있었기에 가능한 배치였다.

"아무리 기간테스가 남아돌아도 반드시 지켜야 할 거점은 있어. 그리고 이곳으로 이렇게 몰려왔다는 것은 이 주변 거점이 오히려 취약해졌다는 뜻."

"내 생각 역시 같네."

아몰이 밀레느의 의견에 동의했다.

[모두 이동한다. 목표는 매트 성이다.]

매트 성은 벨런시아의 국경선의 주요 거점 성 중 한 곳이다. 록힐 광산을 관리하는 곳이기도 했다. 록힐 광산에 그 정도의 병력을 투입했다면 분명 그 대부분은 매트 성의 병력이라는 계산이었다.

다섯 기의 윙 기간테스는 남동쪽으로 방향을 잡고 비행을 시작했다.

*　　　*　　　*

"바츠란 사령관은 출항했는가?"

"네. 이미 사흘 전에 시아라인 만 중심부까지 들어가 대기하는 상태였습니다. 내일이면 매트 성 주변에 대한 마나 캐논 포격이 가능합니다."

이안의 대답에 엠피엘 국왕이 고개를 끄덕였다.

"타이거 단장, 어땠는가?"

"찾았습니다."

"누군가?"

"…입니다."

타이거 백작이 엠피엘 국왕의 귀에 대고 낮은 소리로 속삭였다.

엠피엘 국왕이 두 눈을 빛내며 고개를 끄덕였다.

"과연 자네 말대로 의외의 인물이군."

이안을 보며 말했다. 이안은 그저 빙그레 미소를 지을 뿐이었다.

"이제 어떻게 한다……."

국왕이 손가락으로 테이블을 톡톡 두드리며 고민에 잠겼다. 이안은 아무 말도 하지 않고 가만히 있었다.

"아, 그런데 자네 아들은 괜찮겠는가? 함정인 줄 알면서 그곳으로 보내다니 자네도 독하군. 이안 차관도 그렇고."

"왕국을 위한 일입니다. 근위기사라면 당연히 해야 할 일입니다."

타이거 백작이 당연하다는 얼굴로 당당히 말했다.

"그 녀석은 절대 그런 곳에서 어떻게 될 녀석이 아닙니다."

이안이 빙그레 웃으며 대답했다.

"좋아, 만족스럽군."

엠피엘 국왕의 미소를 지었다.

"그러면 앞으로 또 어떤 수를 써야 할지 이야기해 보도록 하지."

"일단 타이거 백작에게 전해들은 인물 주변에 도청 마법과 감시 마법을 은밀히 펼쳐 두었습니다."

"고맙습니다, 도나텔 공작님."

도나텔 공작의 말에 엠피엘이 고개를 숙이며 감사의 뜻을 전했다.

"계획을 짠 이안 자작이 수고를 했지 나야 할 수 있는 일을 했을 뿐입니다."

"이제 우리의 어떤 움직임이 적에게 전해지는지 알 수 있습니다. 그것을 이용해야지요. 당분간은 계속 뒤통수를 맞아야 합니다. 결정적인 순간에 뒤통수를 치기 위해서 말입니다."

이안의 말에 다들 고개를 끄덕였다. 다소의 희생을 감수하는 작전이었다.

"하지만 벌써 비바체 함대로 뒤통수를 치고 있는데 공화국에서 의심하지 않을까?"

"비바체 함대는 바츠란 사령관 휘하입니다. 그리고 바츠란 사령관은 단독 작전권을 가진 인물이지요. 그의 단독 작전으로 저도 포착하지 못했다고 하면 그만입니다."

엠피엘 국왕의 물음에 이안은 이미 준비가 된 대답을 했다.

"어떻게든 록힐 광산은 손에 넣어야 합니다. 그래서 레퀴엠을 그곳에 보낸 것입니다. 적이 함정을 파고 기다리기를 바라고 말입니다."

"자네 정말로 독하고 잔인해."

엠피엘 국왕이 다시 봤다는 듯 말했다. 하지만 이안은 웃으며 고개를 저었다.

"아닙니다. 동생을 믿기 때문입니다. 어쩌면 바츠란 사령관이 도착하기 전에 결말이 나있을지도 모릅니다."

"믿기 어려운 말일세."

국왕이 고개를 저으며 말했다.

하지만 이안은 그저 미소를 지을 뿐이다. 그는 자신의 여동
생들이 한 말을 믿을 뿐이다. 상상을 초월하는 기간테스 레퀴
엠과 또한 상상을 초월하는 라이더 이슈인에 대해서 들은 내
용을 말이다.

물론 지금까지의 레퀴엠의 모든 실적과 데이터는 보고되
어 있는 상태다. 하지만 이레아는 이안에게 분명히 말했다.
지금 보여주고 있는 레퀴엠의 능력은 진정한 능력의 절반도
안 되는 것인지도 모른다고 말이다.

*　　　*　　　*

박스터 통령이 엥겔스를 가만히 쳐다보았다. 그의 두 눈에
는 기대가 가득했다. 지금 엥겔스가 자신에게 전할 소식은 하
나뿐이었다.

"모두 끝났는가?"

"모든 준비는 마쳤습니다. 하지만 신형 기간테스 브루트와
이카루스 30기가 모두 완성되려면 아직 사흘은 있어야 합니
다."

엥겔스의 보고에 박스터는 고개를 끄덕였다.

"라이더의 훈련은?"

"던전에서 발견한 책에 기록된 대로 환상 마법진을 이용해서 훈련을 시켰습니다. 베테랑과 신규 라이더 각 30명씩 모두 60명이 훈련에 참가했습니다만, 마법진의 부작용으로 15명이 사망했습니다."

"흐음……."

박스터의 입에서 신음 소리가 흘러나왔다.

속성 훈련법인만큼 부작용이 만만치 않았다.

"특히 베테랑들의 피해가 컸습니다. 기간테스 싱크로율이 높은 만큼 마법진에 대한 싱크로도 좋아서 열 명의 베테랑이 낙하 공포와 충격을 이기지 못하고 죽었습니다. 환상일 뿐인데 그런 피해를 입다니 안타까울 뿐입니다."

"그럼 신규 라이더 중에서도 실력이 좋은 이들이 피해를 봤겠군."

"그렇습니다."

"이 사실을 아는 이는?"

"저뿐입니다. 완전 격리된 60곳의 훈련 장소가 마련된 후 제가 직접 라이더들을 배치했습니다. 그 후 처리도 제가 마법을 이용해서 했기에 다른 사람들은 알지 못합니다. 죽은 라이더들은 메틀라인과의 전쟁에서 전사한 것으로 처리했습니다."

"좋군."

"살아남은 라이더들에게는 모두 마나 문신을 새겼습니다. 그것으로 모두 싱크로율이 55%는 넘을 것입니다. 비록 수명이 조금 줄더라도 말입니다."

박스터는 만족스러운 미소를 지었다.

"브루트(Brute)의 성능은 어떤가?"

"훌륭합니다. 던전에서 발견한 마나 엔진 설계도 덕에 3.0의 출력을 충분히 내고 있습니다. 출력 효율면에서는 오히려 불의 마탑의 것보다 좋습니다. 그래서 디스토션의 마나 엔진도 현재 그것으로 교체했습니다. 이카루스와의 궁합도 좋습니다. 그리고 새로운 합금을 사용한 덕에 방어력도 상승했습니다."

"좋았어. 일단 최대한 적들을 록힐 광산에 붙들어둬. 그곳에 시선을 집중한 다음 우리는 우리가 할 일을 차근차근 해나가면 되는 거야."

박스터가 만족스러운 미소를 지으며 말했다.

"그럼 저는 오늘 출발하도록 하겠습니다."

"마나 코어가 묻혀 있다는 유적을 찾아서 말인가?"

"네, 이미 마나 코어를 장착할 기간테스의 몸체는 완성을 한 상태입니다."

"으음, 출력 5.0이라… 과연 가능할까?"

"마나 엔진으로는 불가능하다 되어 있었습니다만, 마도 시대에 그 한계를 뛰어넘어 새로이 개발한 것이 마나 코어라 기록되어 있습니다. 그리고 마나 코어를 탑재하는 기간테스 기체의 설계와 합금에 대한 내용이 다른 책에도 있어 몸체 또한 완성할 수 있었습니다."

엥겔스의 설명에 박스터는 고개를 끄덕였다.

'설마 마나 코어에 대한 기록이 인간들에게 전해졌을 줄이야……. 게다가 마나 코어 그 자체를 남기다니, 나조차도 생각하지 못한 일이야.'

인간은 참으로 알 수 없는 존재라는 생각이 박스터의 머리에 떠올랐다가 금세 사라졌다.

"제스터 장군과 함께 간다고?"

"네."

"좋아. 우리 군을 위해서도 꼭 빠른 시일 안에 마나 코어를 가지고 돌아오게."

"알겠습니다."

엥겔스는 허리를 숙이고 물러났다.

바야흐로 전쟁은 점점 더 알 수 없는 수렁 속으로 빠져들어가고 있었다.

CHAPTER 4
마나 코어

　이슈인의 눈이 날카롭게 빛났다. 결코 이곳에서 순순히 물러갈 생각이 없는 듯했다.

　마크는 입을 굳게 닫고 이슈인을 지켜보았다. 왠지 이곳을 무사히 빠져나갈 수 있을 것이란 생각이 들었다.

　레퀴엠이 주욱 미끄러져 들어갔다.

　자이안과 데세랄은 놀라서 황급히 물러서기 바빴다.

　레퀴엠의 움직임에는 거침이 없었다. 오러 블레이드가 빛나는 검이 움직일 때마다 기간테스의 일부가 잘려서 떨어졌다. 공화국 라이더들은 겁을 해서 더욱 재빠르게 움직였다.

　"피하지만 말고 공격해! 적은 고작 한 기다!"

방어를 책임진 대장이 절규하듯 외쳤으나 라이더들은 그 명령에 쉽사리 따르지 못했다.

다른 것도 아니고 오러 블레이드다.

소드 마스터의 증거인 오러 블레이드. 오러 블레이드를 이용한 피어스 브레이크는 그 위력이 익스퍼트의 그것과는 비교가 안 된다. 그랬기에 최상급의 소드 익스퍼트 열이 있어도 소드 마스터 한 명을 당하지 못한다고 하지 않던가.

"너무 허술하잖아."

낮게 중얼거린 이슈인이 본격적으로 움직이기 시작했다. 그에 따라 레퀴엠도 부드럽게 움직였다. 절대 기간테스가 보여줄 수 있는 움직임이 아니었다. 흡사 사람의 움직임과 완전히 동일했다.

이슈인이 펼치는 것은 왕국군의 기본 검술이었다. 하지만 오러 블레이드가 어린 검으로 펼치자 그것은 더 이상 기본 검술이 아니었다.

서걱.

맞부딪친 자이안과 데세랄의 무기는 잘려 나가기 바빴다.

"빌어먹을, 저런 녀석을 어떻게 상대하라는 거야."

원거리 공격 무기가 없는 이상 오러 블레이드를 상대할 수 없었다. 부딪치는 순간 자신들의 무기가 잘려 나가는데 어찌 상대한단 말인가.

기간테스용 무기는 검과 방패, 도끼 정도가 고작이다.

현 상황에서 레퀴엠을 막을 방도는 전무한 것이다.

만반의 준비를 한 40기의 기간테스가 아무것도 아닌 허수아비가 되는 순간이었다. 레퀴엠은 빠르게 움직였다. 검이 한번 움직일 때마다 한 기의 기간테스가 쓰러지거나 파괴되었다.

공화국의 기간테스들은 주춤주춤 물러날 뿐 도무지 반격의 기미를 보이지 않았다.

"우와아아아아아아!"

그때 한 기의 데세랄 라이더가 절규하듯 비명을 지르며 이미 파손된 기간테스의 잔해를 집어 던졌다. 레퀴엠의 검은 깨끗하게 잔해를 잘라내었지만 공화국군은 그 모습에서 무언가를 깨달았다.

원거리 공격 무기라는 것이 꼭 석궁이나 활일 필요는 없었다. 멀리서 타격을 줄 수 있으면 되는 것이다. 그들은 군인이었기에 병기에만 너무 집착한 것이다.

전문적인 무기가 개발되기 전에는 돌팔매도 충분히 위력적인 무기가 아니었던가.

즉시 남아 있는 기간테스들이 쓰러지거나 파괴된 기간테스의 잔해를 들고는 레퀴엠을 둥글게 포위했다. 매장량이 엄청난 대규모 광산이었기에 주변에 이렇게 많은 기간테스가 기동할 공간이 있었다.

하지만 광산 지역의 한계로 인해 포위망의 범위는 작아질 수밖에 없었다.

[던져라!]

사방에서 기간테스의 잔해가 날아왔다.

레퀴엠은 빠르게 검을 움직이며 자신에게 날아오는 것들을 자르고 쳐냈다. 기간테스의 잔해가 떨어지자 바위며 나무며 주변에서 집어던질 수 있는 것은 모두 레퀴엠을 향해 집어던졌다.

"귀찮군."

이슈인이 작은 목소리로 중얼거렸다.

그리고 레퀴엠의 검의 움직임이 달라지기 시작했다.

오러 블레이드가 점점 진해지면서 주변으로 기운을 뿌리기 시작했다. 심상치 않은 기운이 사방을 거미줄처럼 엮었다. 남아 있는 서른 기 남짓한 기간테스의 절반 이상이 기운의 거미줄에 직간접적으로 묶여 들어갔다. 하지만 누구도 그 사실을 알아차리지 못했다.

오직 이슈인의 눈에 마나의 흐름으로 그것들이 보일 뿐이었다.

레퀴엠의 검로가 바뀌었다.

단순한 기본 검술이 아니다. 인피니트 소드의 수법대로 움직이기 시작했다.

"이제 검에 충분한 마나를 실을 수 있으니 한번 써볼 때도 되었지."

이슈인의 투명하게 빛나는 눈은 깊게 가라앉았다.

"익스플로전 블레이드(Explosion Blade)."

레퀴엠의 검이 사방으로 폭풍처럼 몰아쳤다. 그 번개 같은 움직임에 자이안과 데세랄은 움직이지도 못하고 고스란히 레퀴엠의 검격을 맞았다.

콰콰콰콰쾅!

순식간에 열네 기의 기간테스를 쓸어버린 검.

그리고 엄청난 폭발음이 산을 뒤흔들었다. 폭발로 인한 땅의 진동에 기간테스가 흔들릴 정도였다.

"이, 이게……."

입을 굳게 닫고 상황을 지켜보던 마크의 입이 다시 열렸다. 이 엄청난 광경을 보고 무어라 해야 할까.

자신이 일격필살을 주장하며 얻는 피어스 브레이크를 훨씬 능가하는 위력이었다.

남아 있는 기간테스는 이제 모두 열일곱 기였다. 하지만 그들도 폭발에 휘말려 형편없는 모습이었다. 폭발을 일으킨 레퀴엠만이 오연하게 서 있었다.

레퀴엠의 검이 발하는 푸른빛 오러 블레이드는 이제 그 존재 자체만으로도 공포스러웠다.

"저런 괴물을 어떻게 상대하라는 거야……."

누군가가 떨리는 목소리로 중얼거렸다.

그 말이 맞았다. 이것은 보통 사람이 상대할 수 있는 수준이 아니었다. 대체 어디에서 저런 괴물 같은 기간테스가 튀어나왔단 말인가.

소문은 거짓이었다.

사실을 훨씬 축소 은폐한 거짓.

남은 열일곱 기의 기간테스는 주춤주춤 뒤로 물러서기 시작했다. 조금 전의 그런 광경을 보고도 덤빌 수 있다면 그것은 미친 것이 틀림없었다.

이곳에 있는 라이더는 모두 정상적인 사람들이다. 그들은 천천히 뒤로 물러나는가 싶더니 미친 듯이 뒤로 달렸다. 조금이라도 지체하다가는 저 괴물에게 걸려 처참한 최후를 맞이할 것만 같았다.

공화국 라이더의 자긍심이고 뭐고 필요 없었다. 저런 초월적인 존재에게 그런 것들은 하찮은 변명일 뿐이다. 일단 가장 소중한 것은 자신의 생명이다.

이슈인이 주변을 돌아보았다.

이미 병사들은 모두 사라졌다. 이슈인과 레퀴엠이 보인 그 엄청난 위력에도 이곳에 남아 있을 병사 따위는 있을 턱이 없었다.

'아스카론, 광산 갱도 안의 매복은?'

―진작에 모두 사라졌다.

익스플로전 블레이드가 일으킨 폭발로 인한 진동에 놀라서 갱도에 매복해 있던 병사들이 모두 튀어나왔다. 그리고 눈앞에 펼쳐진 광경에 꽁지 빠져라 산속으로 흩어져 도망갔다.

"이제 정리가 다 된 건가."

"뭐야, 이슈인. 대체 어떻게 된 거야?"

마크가 이슈인의 어깨를 흔들며 물었다. 자신이 알고 있는 그 친구가 맞는지조차 의심스러웠다.

"글쎄."

이슈인은 짧게 답했다.

이슈인은 가만히 자신의 양 손바닥을 펼쳐 보았다. 엄청난 집중력이었다. 주변의 세계와는 단절된 자신만의 세계 속에 들어간 듯한 기분.

과연 자신이 만들어낸 것이 오러 블에이드가 맞는지도 의심스러웠다.

'내가 소드 마스터?'

믿기지 않았다. 레퀴엠의 오러 블레이드가 발현되기 전에는 단 한 번도 자신의 검에 오러 블레이드라는 것을 만들어낸 적이 없지 않던가.

조금 전의 그 감각을 다시 떠올려 보려 하였으나 이미 그 느낌은 아득하게 멀어져 있었다. 대체 자신이 어떻게 했는지 정확히 기억이 나지 않았다. 그저 아스라한 신기루같이 느껴질 뿐이다.

'지금 급할 건 없으니까.'

레퀴엠의 콕피트가 열렸다.

"응? 왜?"

레퀴엠에서 이슈인이 내리려고 하자 마크가 물었다.

"일단 내려서 상황을 파악하고 정리해야지."

"보고도 안 하고?"

마크의 물음에 이슈인이 통신을 켰다.

[여기는 레퀴엠. 여기는 레퀴엠. 응답 바란다.]

잠시 기다리자 응답이 있었다.

[랩터2 리빌드. 아덴이다.]

[XX—7 지점 제압 완료했다. 어딘가?]

잠시 아무 말이 없었다. 도무지 믿을 수 없는 일을 이슈인이 말하고 있는 탓이다.

[현재 매트 성을 점령한 상태다. 정말 록힐 광산을 제압했는가?]

[물론.]

아덴의 물음에 이슈인이 담담하게 답했다.

[정말이야, 이슈인?]

밀레느였다.

[네, 정말입니다. 지금부터 갱도 안을 조사할 예정이니 후속 조치 부탁드립니다.]

그리고는 이슈인은 아스카론을 소울 슬롯에서 뽑아 허리에 차고는 콕피트에서 훌쩍 뛰어내렸다. 아직 콕피트에서 어찌해야 하나 고민하는 마크를 올려다보며 말했다.

"맥, 레퀴엠은 곧 역소환할 거야."

"쳇."

어쩔 수 없다는 듯 마크 역시 뛰어내렸다.

"우리 둘이서 대체 뭘 어쩌려고. 두 사람이 뭘 할 수 있다는 거야."

"갱도 안을 한번 살펴봐야지. 아무도 없는 것 같지만 그래도 조사는 해야 하지 않겠어. 그리고 지금 이곳을 이렇게 초토화시킨 것도 레퀴엠 한 기로 한 건데 두 사람이면 충분하지 않아?"

이슈인이 씨익 웃으며 던지는 말에 마크는 아무런 대답도 하지 못했다. 무어라 대꾸를 하기에는 너무나 엄청난 광경을 보았으니 말이다.

레퀴엠은 곧 아공간으로 사라졌다.

두 사람은 천천히 갱도를 향해 들어갔다. 기간테스의 전투로 엉망이 되어버린 주변에 비해서 갱도는 생각보다 멀쩡했다. 처음에 채굴을 해 들어갈 때부터 상당히 튼튼하게 지은 듯했다.

"흐음, 이곳이 마나석 광산이란 말이지."

이슈인이 중얼거리며 천천히 안으로 들어갔다. 과연 병사들이 매복을 했던 흔적들이 곳곳에 있었지만 남아 있는 병사는 없었다. 그래도 혹시 모를 사태에 대비해 두 사람 모두 검을 뽑아 든 채로 움직였다.

─이슈인, 아까의 전투는 훌륭했다. 곧 마이스터의 길이 열릴지도 모른다.

조용히 앞으로 나가는 이슈인의 머릿속에 아스카론의 목소리가 울렸다. 이슈인은 작은 미소를 지었다. 누나와 여동생이 그렇게 목을 내는 마도 시대의 지식에 이제 한 걸음 남았다, 아스카론의 진정한 정체에도.

"텅 비었어."

마크의 목소리가 갱도에 울렸다.

"그래, 텅 비었어. 적어도 하루는 채굴을 하지 않은 것 같아."

"응? 너 광산 쪽으로도 지식이 있었어?"

마크가 놀랐다는 듯 물었다.

"그런 지식은 필요 없어. 딱 봐도 매복과 전투에 편하도록 준비가 되어 있어. 채굴 작업을 했다면 이런 준비를 할 수 없잖아."

"그렇군."

이슈인의 설명에 마크가 고개를 끄덕이며 수긍했다.

"일단은 트랜스 아머를 착용하는 것이 좋지 않겠어? 만약이라는 것이 있으니까 말이야, 맥."

마크는 순순히 이슈인의 말에 따랐다. 이런 한정된 공간의 전투에 있어서는 배틀러가 특화되었으니까.

갱도 구석구석을 수색했지만 특별한 것은 없었다. 혹시 무슨 장치라도 한 것이 아닌가 의심을 했지만 깨끗했다.

두 사람이 갱도 밖으로 나왔을 때는 이미 오후의 마지막 무렵이었다.

"생각보다 시간을 많이 보냈네."

"그래. 어서 합류해야 하지 않아?"

마크는 다른 부대원들이 걱정되는 듯 말했다.

"매트 성을 점령했다고 했으니 별일은 없을 거야."

이슈인의 말에 마크는 수긍을 하면서도 불안했다. 아무리 윙 기간테스라고 하지만 겨우 다섯 기다. 다섯 기의 기간테스로 하나의 성을 점령하고 지켜낼 수 있으리라고는 생각하지 않았다.

물론 이슈인의 레퀴엠이라면 예외지만 말이다.

그 무시무시한 위력을 생각하면 레퀴엠인 일인중대가 아닌 일인연대라고 해도 부족할 정도였다.

"어떻게 할 거지?"

마크가 주변을 돌아보며 물었다.

"우리의 임무는 공략 포인트의 점령 및 방어야. 이곳을 지켜야지."

이슈인은 생각할 것 없다는 듯 쉽게 대답했다.

"그러면 다른 대원들과의 합류는?"

"그들이 이리로 와야지. 매트 성의 점령은 작전에는 없었어. 아마도 임시 방편으로 그리로 향한 거겠지. 그런데 왜 그곳을 점령했을까?"

이슈인이 고개를 갸웃거리며 중얼거렸다.

"그렇네. 일시 후퇴라면 중간 보급지였던 XA—11도 충분하잖아."

"그곳에도 매복이 있었던 것인가."

이슈인이 눈을 찡그리며 의문을 표했다.

"그럴지도 모르겠네. 그렇게 혼자 고민하지 말고 통신을 해보는 게 어때?"

마크의 물음에 이슈인은 고개를 끄덕이며 레퀴엠을 소환했다. 저쪽에서 기간테스를 소환한 상태로 통신을 기다리고 있는지는 알 수 없지만 일단 신호는 보내봐야 했다. 서로의 상황을 정확히 인식을 해야 다음 작전을 원활히 진행할 수 있었다.

"흐음, 윙 기간테스라. 엄청나군. 불과 다섯 기로 매트 성을 점령하다니. 지원을 위해 서둘러 이리로 온 우리가 우스워진 꼴이야."

함교에서 육지를 바라보며 바츠란 사령관이 머쓱하게 웃었다.

"이안 차관도 이런 경우는 예상치 못한 모양입니다."

부관이 쓴웃음을 지으며 바츠란 사령관의 말을 받았다. 극비리에 시아라인 만으로 이동을 한 후 전력을 다해 이곳까지 달려온 비바체 함대가 헛짓을 했다는 생각에 허탈하기까지 했다.

"어쩔 수 없지. 적들의 매복을 이안 차관이 읽은 것만도 대단한 거야. 목표 지점인 XX—7뿐 아니라 XA—11의 매복까지도 예상을 했으니까. 단지 이번 작전의 지휘자가 차관의 예상보다 더 뛰어났던 것뿐이지. 게다가 우리는 이미 2주 전에 이 작전을 듣고 움직였어. 그때는 아직 공화국 군을 완전히 밀어내기도 전이었다는 걸 생각하라고, 부관."

"분명 그런 점은 정말 대단합니다."

"그렇지. 그가 아니었다면… 어쩌면 우리 왕국은 벌써 패했을지도 몰라."

바즈란은 이안을 아주 높이 평가하고 있었다.

"그런데 이제 어떻게 하지요? 우리가 할 일이 사라졌으니 말입니다."

"어떻게 하긴. 상부의 지시를 기다려야지. 내가 움직인 구실은 나에게 단독 작전권이 있다는 것이지만, 내 작전보다는 차관의 작전이 우수하니 기다려야지. 그게 전장에서 움직이는 군인의 자세야."

그 말을 남기고 바즈란 사령관은 함교에서 벗어나 자신의 선실로 향했다. 왕도에서 이 상황을 보고 받고 다른 작전을 세워 연락을 주기까지 적어도 서너 시간은 걸릴 것이다. 그 사이 휴식을 취해두어야 했다.

이번에는 또 어디로 먼 길을 가야 할지 몰랐다.

*   *   *

제스터와 엥겔스.

두 사람은 모두 후드를 깊숙이 눌러쓰고 로브를 두른 채 빠르게 움직였다. 마법사인 엥겔스가 체력이 부치는 듯한 모습을 보였으나 스스로에게 보조 마법을 걸면서 움직임을 빨리했다.

한시라도 빨리 자신들이 목표로 하는 것을 찾아야 했다. 엥겔스가 가문의 유산을 해석하면서 알아낸 엄청난 사실. 그리고 남겨진 유산을 어서 회수해야 했다.

마나 엔진의 한계를 뛰어넘은 신기술의 기간테스 구동 동력원.

마나 코어.

무려 5.0의 출력을 뿜어내는 마나 코어 한 기가 벨런시아 강 발원지 근처에 묻혀 있다고 했다.

"쉽게 찾을 수 있겠습니까?"

"지형이 변하지 않았다면 쉽게 찾을 수 있을 걸세. 단지 걱정인 것이 지난번의 셀 산맥의 대지진의 여파가 그곳까지 미치지 않았나 하는 것이야."

제스터의 질문에 엥겔스가 걱정스레 대답했다. 그는 책의 내용을 번역한 것을 보며 연신 지형과 대조하고 있었다. 어느새 그들은 벨런시아 강의 수원 근처에 도착해 있었다.

엥겔스의 얼굴에 화색이 돌았다.

"다행이 지형의 변화는 없군. 책의 설명대로야."

엥겔스의 걸음이 빨라졌다. 제스터는 서둘러 그 뒤를 쫓았다.

"이곳 어디에 이동 마법진을 발동시키는 장치가 있을 텐데……."

엥겔스는 사방에 어지럽게 널려 있는 돌덩이들을 유심히 살폈다.

그중 유독 검게 빛나는 돌이 하나 있었다. 그냥 흔히 발에 채이는 그런 돌이었다. 칠흑의 검은빛이라는 것을 빼면 말이다.

하지만 엥겔스는 그 돌을 주시했다.

"과연… 설명대로 차가운 마나가 약하게 흐르고 있어."

엥겔스의 미소는 더욱 짙어졌다.

"어서 이리 오게."

약간 뒤에 서 있던 제스터를 재촉했다. 제스터가 곁에 오자 엥겔스는 망설임없이 검은 돌에 손을 올리고는 자신의 마나를 주입했다.

그 순간 강렬한 빛이 두 사람을 감싸 안았다.

마나 코어가 있는 곳으로의 공간 이동이 발동한 것이다.

아무런 장식이 없는 공동에 두 사람은 도착했다. 엥겔스는 유심히 주변을 살폈다.

"흐음, 루즈벡의 유적과 비슷하게 생겼군."

"저것이 마나 코어일까요?"

공동 한가운데 마나 엔진과 유사하게 생겼지만 또한 다르게 생긴 물체가 있었다. 크기는 마나 엔진의 2/3 수준이었다.

"오오!!"

엥겔스의 두 눈이 환희로 빛나기 시작했다. 드디어 마도 시대의 유물을 접한 것이다. 자신들이 아무리 노력해도 이룰 수 없었던 한계 출력을 뛰어넘은 마도 공학의 결정체.

이것의 발견은 또 다른 이노베이션을 불러일으킬 지도 몰랐다.

"마나 코어의 설계도가 없는 것이 아쉽군."

진정으로 아쉬웠다.

엥겔스의 책은 이론 부분과 이 유적에 대한 기록은 온전했지만 설계도 부분은 거의 알아볼 수 없을 정도로 소실되어 있었다. 이론 부분에 대한 연구를 진행한다 하더라도 과연 언제 마나 코어를 개발해 낼 수 있을지는 미지수였다.

"일단 이것을 발견한 것만으로도 대단한 것입니다. 기록이 사실이면 틀림없이 레퀴엠을 이길 수 있습니다."

"그럼. 당연한 일이지."

엥겔스가 만족스러운 얼굴로 고개를 끄덕였다.

엥겔스는 즉시 책에 나와 있는 방법을 사용했다. 두 사람은 다시금 공간 이동이 되었다. 이번에는 마나 코어와 함께였다. 그렇게 금세 두 사람은 다시 벨런시아 강의 수원에 나타났다.

"그럼 운반을 부탁하네."

"걱정 마십시오."

제스터는 디스토션을 소환했다. 던전에서 발굴된 유물 덕에 한층 성능이 강화된 출력 3.0의 엔진 기동음은 이전의 것보다 더욱 묵직했다. 딜레이 타임도 크게 줄었다. 예전에 비한다면 지금은 딜레이 타임이 없는 것과 마찬가지였다.

엥겔스는 콕피트의 의자 뒤에 몸을 맡겼다. 이제 저 마나코어를 디스토션이 들고 리퍼블릭으로 복귀하면 된다.

다행히 마나 코어의 크기가 마나 엔진의 2/3 정도라 디스토션으로 운반하는데 문제가 없었다.

"비행 훈련은 충분히 받았겠지?"

엥겔스의 물음에 제스터는 고개를 끄덕였다.

"하늘을 난다는 것은 참 힘들더군요."

제스터는 다른 라이더와는 다른 방법으로 훈련을 했다. 속도는 좀 늦을지라도 안정적인 방법을 사용했다. 엥겔스가 환상 마법진을 변형시켰다. 비용이 많이 드는 데다 훨씬 비효율적인 방법이라 오직 제스터만이 그 방법을 사용했다. 안정성이 장점이었지만 지금 공화국의 상황은 안정성을 우선할 수가 없었다.

디스토션의 등 뒤로 날개가 펼쳐졌다.

이카루스였다.

핏빛의 붉은 이카루스는 레퀴엠의 주홍빛의 그것과는 달리 섬뜩한 느낌이었다.

디스토션이 마나 코어를 가지고 서서히 상승했다.

그리고 리퍼블릭을 향해 비행을 시작했다.

"인비져빌리티."

제스터의 낮은 시동어와 함께 디스토션의 투명화 마법이 발동되었다. 이런 은밀한 일은 보는 눈이 없어야 했다.

"훌륭하군."

디스토션의 비행은 안정적이고 부드러웠다. 단시일에 이렇게 공중 운용에 익숙해진 제스터에게 엥겔스는 순수하게 감탄했다.

제스터는 묵묵히 제스터의 운용에 집중했다.

"후우, 어떻게 하죠?"

성벽 위에서 주변을 둘러보던 밀레느가 아몰을 돌아보며 물었다. 설마 상황이 이렇게 전개될 줄은 몰랐다.

자신들이 매트 성을 공략한 것은 탁월한 선택이었다. 과연 성에는 고작 세 기의 데세랄이 남아 있었으니까 말이다. 하지만 문제는 그 다음이다.

설마 이슈인이 레퀴엠 한 기로 록힐 광산의 기간테스들을 쓸어버릴 것이라고는 상상도 하지 못했다. 정상적인 사고 방식을 가진 사람이라면 누구나 그렇게 생각했을 것이다.

심지어 이 모든 상황을 예측하고 극비리에 작전을 구상한 이안 차관마저도 이런 경우는 예측하지 못했다. 친형조차도 예상하지 못한 괴물 같은 능력이란 소리다.

"글쎄. 바츠란 사령관께서도 일단 본국의 명령을 기다린다고 하셨으니… 우리로서는 딱히 수가 없는 것 같은데."

아몰 역시 난감한 듯 말했다.

허탈하기도 했다. 그는 이번 공략전에 비장한 각오를 하고 참가했다. 아무리 배틀러라지만 좁은 갱도가 거미줄처럼 이어진 광산을 단 여섯의 배틀러로 제압을 한다는 것은 무척이나 위험한 일이었다. 그런데 이런 식으로 결말지어졌다 생각하니 온몸에 힘이 빠졌다. 자신이 다졌던 각오가 무엇이었던가 하는 생각까지 들었다.

"아무래도 광산으로 돌아가는 것이 좋을 것 같습니다."

그때 아덴이 어둠 속에서 나타나며 말했다. 그 역시 성벽 주변을 돌아보던 중이었다.

"왜 그렇게 생각하시는 거죠?"

밀레느의 물음에 아덴은 서북쪽을 손가락으로 가리켰다.

"XA—11 지점의 기간테스 때문입니다. 우리가 그곳을 그냥 지나치면서 그들이 할 일이 사라졌습니다. 과연 그 기간테스들은 어디로 향할까요?"

아덴의 말에 밀레느와 아몰은 생각에 잠겼다.

"아마 전투가 이루어지지 않았을 경우 그들의 복귀 지점은 이곳일 겁니다. 록힐 광산의 기간테스들과 합류한 후에 말이죠. 이안 차관도 그렇게 예상을 하고 바츠란 사령관을 이곳에 보낸 거겠죠. 하지만 록힐 광산은 이슈인 써드 룩에게 점령당했고, 그 소식은 그들에게도 들어갔겠지요. 게다가 우리가 이곳을 점령했다는 소식도 함께 말입니다. 그러면 뻔하지요. 그들은 이곳으로 몰려올 것입니다. 그것도 상당한 지원군과 함께요. 고작 다섯 기의 윙 기간테스와 다섯 명의 배틀러로는 이 성을 지킬 수 없습니다. 바츠란 사령관의 지원이 있다 하더라도요. 여기에 레퀴엠은 없으니까요."

아덴이 자신의 생각을 말했다. 과연 오랜 용병 생활의 경험이 만들어준 노련한 통찰력이었다.

"으음……."

"흠."

밀레느와 아몰이 고민에 빠졌다.

"그리고 우리에게 주어진 우선 명령은 록힐 광산의 공략과 점령입니다. 매트 성에 대한 명령은 없었습니다. 비바체 함대가 이곳에 온 이유도 록힐 광산의 공략이 단번에는 불가능할 거라 생각하고 이곳을 거점으로 삼아 록힐 광산을 공략하려는 이안 차관의 계책인 겁니다."

아덴의 이안의 심정까지 꿰뚫어 보고 있었다.

밀레느와 아몰이 서로를 돌아보며 고개를 끄덕였다.

"내일 날이 밝는대로 록힐 광산으로 가도록 하죠."

라이더의 지휘관과 배틀러의 지휘관이 의견일치를 보았다.

그날 밤 늦게 바츠란 사령관에게 새로운 작전 명령이 하달되었다. 그 명령은 아덴의 예상과 크게 다르지 않았다. 다섯의 윙 기간테스와 배틀러들은 록힐 광산으로 복귀를, 그리고 비바체 함대는 벨런시아 강 하류에서 대기였다.

아침이 밝자마자 다섯 기의 윙 기간테스는 하늘로 날아 올랐다. 붉게 타오르는 태양을 오른편에 두고 곧장 록힐 광산이 있는 북쪽을 향해 날았다.

아래로 급히 달려오는 말들이 일으키는 먼지구름이 보였다. 분명 XA—11 지점에 있던 그들일 것이다.

박스터의 얼굴이 딱딱하게 굳었다. 그로서는 믿을 수 없는, 듣고 싶지 않은 보고가 올라온 덕분이다.

"그러니까, 그렇게 준비를 하고도 록힐 광산을 메틀라인에 내줬다 그건가? 그것도 레퀴엠 단 한 기에게 모두 당했다고? 더군다나 매트 성도 일시적이나마 적들에게 점령을 당했었어? 겨우 다섯 기의 기간테스에게?"

박스터의 목소리에는 분노가 가득했다. 설마 자신들의 군대가 이렇게 허약할 것이라고는 상상도 못했다.

"그, 그렇습니다."

엥겔스의 부재로 대신 보고를 하러 온 정보부장은 온몸을 부들부들 떨었다. 박스터가 뿜어내는 위압감은 상상을 초월했다.

"엥겔스는?"

"디스토션에서 어제 들어온 통신으로는 복귀 중이시라 합니다."

"도착 예정은?"

정보부장의 대답에 박스터의 질문이 이어졌다. 하지만 정보부장은 그 질문에는 대답하지 못했다. 박스터의 얼굴에 어린 언짢은 기색이 더욱 진해졌다.

"지금 도착했습니다, 통령 각하."

그때 엥겔스가 헐레벌떡 들어섰다.

"갔던 일은 잘됐는가?"

박스터의 목소리에는 여전히 분노가 깃들어 있었다.

"네, 어렵지 않게 얻을 수 있었습니다."

"자네는 이만 나가봐."

엥겔스의 대답에 박스터는 정보부장을 물렸다. 정보부장은 살았다는 얼굴로 인사를 한 후 부리나케 사라졌다.

"소식은 들었는가?"

"록힐 광산 말씀이십니까?"

박스터가 고개를 끄덕였다.

"네, 도착하자마자 바로 들었습니다."

엥겔스의 얼굴이 어두웠다. 정보를 얻은 후 나름대로 만반의 준비를 하고 떠났는데 너무나 허무하게 괴멸되었기 때문이다.

"어떻게 생각하는가?"

박스터의 물음에 엥겔스는 어두운 얼굴로 대답했다.

"현존하는 대륙의 기술로 레퀴엠을 능가하는 기간테스를 만드는 것은 불가능합니다. 아직 우리의 기술은 마도 시대의 그것을 따라잡기에는 너무나 뒤쳐져 있습니다."

엥겔스의 말에 박스터는 고개를 끄덕였다.

"다행히 우리는 마나 코어라는 또 다른 유물을 손에 넣었습니다. 레퀴엠조차도 마나엔진으로 구동되는 이상 마나 코어를 장착하기만 하면 그에 대한 대책이 될 것입니다. 출력 자체가 비교할 수 없으니까요. 일반 기동 출력이 5.0이고 순간 최대 출력은 5.27까지 올릴 수 있을 듯합니다. 물론 그러면 코어에 부하가 걸리긴 합니다만, 위력 면에서는 레퀴엠과의 비교를 불허합니다."

엥겔스의 얼굴에는 자신감이 가득했다.

"블러드(Blood)에 마나 코어를 장착하는 작업은 얼마나 걸릴 것 같은가?"

"적어도 일주일은 걸릴 것 같습니다."

엥겔스의 대답에 박스터는 생각에 잠겼다. 어느새 그의 화는 많이 누그러져 있었다.

"블러드를 운용하는데 다른 문제 사항은 없을까?"

"한 가지 있습니다."

엥겔스가 망설이지 않고 대답했다. 문제가 있다 함에도 그의 얼굴에는 일말의 걱정도 없었다. 이미 그 문제를 해결할 방안을 마련했다는 뜻이리라.

"뭐지?"

엥겔스의 그런 기색을 읽은 탓에 박스터는 대수롭지 않게 물었다.

"싱크로율입니다. 5.0이라는 출력은 현재 우리의 상상을 벗어난 세계입니다. 그 출력을 견뎌낼 수 있는 싱크로율이 문제인 것입니다."

"제스터로도 안 되는가?"

박스터가 고개를 끄덕이며 물었다.

"제스터 장군은 디스토션을 운용한 경험이 있기에 다른 라이더들보다 훨씬 나은 조건입니다만, 그래도 고작 3.0의 출력일 뿐입니다. 5.0과 비할 수 없지요. 일단 제 계산에 따르면 필요한 추정 싱크로율은 최소 70.5%는 되어야 합니다."

70.5%라는 말에 박스터의 얼굴이 살짝 굳었다. 그가 생각하기에도 결코 쉽게 이룰 수 없는 싱크로율이었다.

"인간의 한계 싱크로율이 65%가 아닌가?"

그랬다. 학계에서 인간의 육체와 정신으로는 65% 이상의 싱크로율이 불가능하다는 것이 정설처럼 굳어져 있었다.

"그렇습니다."

대답을 하는 엥겔스의 얼굴에는 묘한 자신감이 있었다.

"어떻게 해결을 한 것이지?"

박스터가 흥미롭다는 얼굴로 물었다.

"각하께서 제게 건네주신 책에 그 방법이 있습니다."

"아아, 마나 문신. 그 문신을 새기면 싱크로율이 20~25%는 증가한다고 했었지. 대신 수명이 10년쯤 줄어드는 것으로 알고 있는데……."

박스터가 고개를 끄덕이며 말했다.

"마나 코어를 발굴해서 돌아오는 길에 제스터 장군과 이야기를 나누었습니다. 그는 당연히 자신이 블러드를 탈 것이라 생각하고 있었지요."

"나 역시 동감이네. 우리 공화국에서 그 말고 누가 그 기체를 운용할 수 있을까."

엥겔스가 고개를 저으며 대답했다.

"유감입니다만, 우리 공화국에서 블러드를 운용할 수 있는 라이더는 없습니다. 70.5%의 싱크로율 때문입니다."

"아."

박스터는 제스터의 이야기에 그 문제를 잠시 잊은 듯했다.

"제스터 장군에게도 그렇게 말했습니다. 현재 그의 평균 싱크로율은 56%. 70.5%에 너무 많이 모자랍니다."

"그렇군."

"하지만 마나 문신을 새긴다면 문제가 없지요. 계산상으로 14.5%의 싱크로율이 모자란 것이고 문신의 힘이면 그 정도는 충분히 늘릴 수 있습니다. 10년의 수명을 포기한다면 말입니다."

박스터는 가만히 엥겔스의 말을 들었다.

"그는 모든 사실을 듣고는 자청했습니다. 자신에게 마나 문신을 시술해 달라고 말입니다."

박스터가 작게 고개를 끄덕였다. 엥겔스의 얼굴에 어렸던 여유의 정체는 저것이었다. 이미 제스터에게 이야기를 해 문제를 해결한 것이다. 그렇다면 블러드의 완성에 걸릴 것은 아무것도 없었다.

"10년의 수명이라… 결코 쉬운 결정은 아니었을 텐데."

"지난번 레퀴엠에게 당한 패배가 충격이 큰 듯했습니다. 제스터는 단순히 이카루스를 장착한 디스토션으로는 절대 레퀴엠을 이길 수 없다고 하더군요."

"오히려 그 일이 약이 되었군."

"우리 공화국의 입장에서는 그렇습니다."

엥겔스가 희미한 미소를 지으며 답했다.

"그러면 제스터는 지금 문신 시술을 받고 있는가?"

"그렇습니다. 시술이 끝난 후 제가 마법진을 발동시키면 됩니다."

엥겔스의 대답에 박스터의 얼굴은 여유로워졌다.

"자네는 어떻게 할 것인가?"

"제스터의 시술을 끝낸 후 바로 마나 코어의 설치에 들어가야 합니다. 처음 제작하는 데다 관련 지식이 아무것도 없습니다. 오로지 유물에 기록된 것을 시행하야 하기에 오류의 가능성을 배제할 수 없습니다."

"쉽지만 쉽지 않은 작업이라… 잘 부탁하네."

"최선을 다하겠습니다."

"그럼 이제 록힐 광산의 문제를 해결해야지."

박스터는 머리 아프다는 표정을 지으며 말했다. 록힐 광산은 공화국의 입장에서도 아주 중요한 곳이다. 마나석이 생산되는 광산의 가치란 산술적으로 계산이 불가능할 정도였다.

"곧 브루트가 완성됩니다. 그리고 브루트 전용의 투창 역시 완성되고요. 그냥 록힐 광산을 무너뜨리는 것이 어떻겠습니까?"

"그게 말이 된다고 생각하는가?"

박스터가 얼굴을 찡그리며 말했다. 절대 있을 수 없는 일이라는 표정이다.

"네, 전 그렇게 생각합니다. 록힐 광산이 이루 말할 수 없는 가치가 있는 곳이라는 것은 분명합니다. 하지만 그것도 우리 손에 있을 때의 이야기입니다. 적의 손에 넘어간 이상 그것은 우리의 심장을 겨누는 화살에 불과할 뿐입니다."

"아무리 그렇다고 하더라도 다시 찾으면 우리의 것이 될 텐데 굳이 망가뜨려야 할 필요가 있을까?"

"메틀라인이 왜 록힐 광산을 공략했는지를 생각해 봐야 합니다. 그들은 매트 성도 점령했으나 채 하루를 머무르지 않고 바로 후퇴했습니다. 전략적 가치를 따진다면 록힐 광산보다는 매트 성입니다. 그런데 그들이 왜 매트 성을 버리고 록힐 광산을 택했겠습니까?"

첩자의 보고에 록힐 광산 공략의 이유에 대한 보고는 없었다. 워낙에 은밀히 연락을 주고받는지라 구체적인 사항을 전달할 여유가 없기 때문이다.

초급보. 공격 목표 록힐 광산, 윙 기갑테스 여섯 기 및 배틀러 6명.

이것이 첩자가 보낸 보고의 전부였다.

"왜지?"

박스터가 고개를 비스듬히 기울이며 물었다.

"메틀라인에 마나석이 고갈되어 가기 때문일 것입니다."

엥겔스가 미소를 지으며 대답했다.

"호오."

박스터가 두 눈을 빛내며 자세를 바로 했다.

"기간테스가 전장을 지배하는 작금에 있어서 마나석은 절대적인 전략 자원이 되었습니다. 적의 보급을 뒤흔들기 위해서 마나석 광산을 공략할 수도 있습니다만, 우리는 후방에 두 개의 마나석 광산이 더 있습니다. 록힐 광산이 아무리 매장량과 생산량이 풍부한 광산이라 하더라도 우리 공화국군에 미치는 영향은 미미합니다. 차라리 매트 성을 우리 공화국 공격의 거점으로 삼는 것이 훨씬 유리하지요. 그런데도 록힐 광산을 고집한다는 것은 그만큼 마나석이 절박하게 필요하기 때문일 겁니다. 그 사실을 아는 이상 록힐 광산은 망가뜨리는 것이 우리 군에게 이익입니다. 우리는 충분한 마나석을 확보하고 있으니까요."

박스터가 고개를 끄덕였다. 과연 그 말이 맞았다. 록힐 광산은 공화국에게 있어도 그만, 없어도 그만인 존재다. 물론 있는 것이 이익이기는 했다. 하지만 메틀라인에게는 없어서는 안 되는 곳이다. 그런 곳이라면 없애는 것이 좋았다.

"좋아. 브루트가 완성되는 대로 첫 실전 무대로 그곳을 택하지. 투창의 요격으로 완전히 초토화시키는 것이 좋겠어."

"탁월한 선택이십니다. 그럼 저는 제스터 장군에게 가보겠습니다."

모든 사안이 결정되자 엥겔스가 허리를 숙이고는 박스터의 집무실을 물러났다.

"하나, 하나 해결이 되어가는군. 설마 마나 코어까지 있을 줄이야. 인간의 집념이란 엄청나. 대체 어디에서 그런 에너지가 나오는 것일까?"

박스터는 자리에서 일어나면서 중얼거렸다. 그는 천천히 집무실 한켠에 마련해 놓은 셀러로 다가가 와인 한 병을 꺼내 들었다. 적당한 온도를 항시 유지하도록 마법이 걸려 있는 셀러인지라 와인의 상태는 좋았다.

와인 글라스에 자주빛 액체가 서서히 차올랐다.

박스터는 글라스에서 피어오르는 향기를 음미한 후 와인을 한 모금 머금었다. 공기와 함께 입안으로 들어온 와인은 혀 주변을 구르며 기분 좋은 맛을 선사했다. 잠시 와인의 맛을 즐긴 박스터는 그대로 삼켰다.

은근히 오르는 열기는 그의 심신을 안정시켜 주었다.

"꼬였던 것들이 서서히 풀려가고 있어. 다행이야. 레어에 다녀오길 잘한 것 같아. 칼로볼크의 개발도 실패했다고 하니 말이야."

그는 메틀라인에 심어놓은 첩자로부터의 보고에 만족한 미소를 지었다.

칼라볼크의 설계도. 자신의 품에 있지만 그것은 도무지 꺼내놓을 생각이 들지 않았다. 만약의 사태를 대비한 비장의 카드로 간직하고 있었다.

진정한 칼라볼크가 세상에 나오면 그것은 엄청난 재앙이 될 수 있었다.

중간계의 질서를 유지해야 하는 의무를 진 것이 드래곤이

다. 그런 자신이, 일족의 로드 계승자인 자신이 중간계의 질
서를 깨뜨리는 마물을 세상에 내놓을 수는 없었다.

메틀라인에서 실패한 덕에 꺼내지 말아야 할 최악의 패를
아낄 수 있었다. 그것이 더욱 그의 기분을 좋게 만들어주었
다.

"메틀라인 왕국을 정리하면 대륙은 더욱 빠르게 변할 거
야. 벨런시아에서 시작된 변화가 온 대륙을 뒤덮는 날까지."

박스터는 잔을 살짝 들어 올리며 홀로 건배를 한 후 잔을
단숨에 비웠다.

CHAPTER 5
록힐 광산 습격

여섯 명의 마법사가 심혈을 기울여 설치한 포털 마법진 4개가 완성되었다. 모두 한 번에 백 명 정도의 인원을 이동시킬 수 있는 대규모 포털 마법진이다. 물론 그만큼 소모되는 마나석이 어마어마했지만, 이곳이 바로 마나석 광산이었기에 큰 문제는 아니다.

포털이 완성된 후 연신 빛을 번쩍거리며 수많은 병사를 토해냈다. 라이더와 배틀러를 비롯해서 각 병과의 병사들이 이동을 해와 진지를 구축하기에 정신이 없었다.

레퀴엠이 한바탕 이곳의 기간테스들을 쓸어내면서 기존의 시설물들 대다수가 파괴된 탓이다.

전투 병기인 기간테스가 이곳에서는 열심히 땅을 다지고 있었다. 빠른 정리와 마나석의 채굴이 급선무인 메틀라인의 사정 때문에 전투 병기를 임시나마 공병대에 투입한 것이다.

[하아, 이곳에 땅 다지러 왔구나…….]

랩터2가 연신 쿵쾅거리며 발로 땅을 다지는 가운데 그것을 움직이고 있는 라이어가 한숨을 쉬었다. 적국의 영토에 투입된다고 잔뜩 긴장하고 왔었다. 하지만 실상은 공병이었다.

[시끄러워. 제 할 일에 집중해.]

벨라나가 라이어의 푸념을 들어주기 귀찮다는 듯 쏘아붙였다. 그녀 역시 발로 땅을 다지기에 여념이 없었다. 라이어와 벨라나는 현재 서로의 통신을 상시 개방한 상태였기에 작은 중얼거림도 전달되었다.

그런 식으로 이야기라도 나누면서 하지 않는 한 이 지루한 작업에 집중할 수 없는 탓이다.

그러나 라이어의 푸념이 오히려 벨라나의 작업을 방해했기에 그녀의 입에서 뾰족한 목소리가 나오게 된 것이다.

몇 기의 바일론은 주변의 잔해를 정리하고 있었다. 바일론이 정리를 하면 랩터2가 가서 땅을 다졌다. 몇몇 랩터2는 나무를 뽑고 몇몇은 손으로 땅을 파고 있었다.

[쳇, 장비나 주고서 일을 시켜야지. 이건 무슨 손발로 땅 다지고 땅 파고. 대체 뭐 하는 짓이야.]

[기간테스만으로도 충분히 훌륭한 장비라고.]

라이어의 계속되는 투덜거림에 벨라나가 고개를 저으며 말했다.

[아무리 그래도, 이건 영 모양이 안 서잖아. 애들 장난하는 것도 아니고, 삽은 주고 땅을 파라고 해야지, 진짜.]

[그렇게 삽질이 좋아? 그러면 기간테스 공병대 창설을 한번 건의해 보지, 뭐. 라이어, 널 추천 대원으로 하고 말이야.]

벨라나의 말에 라이어는 질겁했다.

[그 아이디어 좋은데?]

그때 이슈인의 목소리가 끼어들었다.

[응? 이슈인? 어떻게 된 거야?]

라이어는 또 한 번 놀랐다. 분명 벨라나와만 이야기를 나누고 있었는데 거기에 이슈인이 끼어든 때문이다. 이슈인과는 상시 통신 상태가 아니기 때문에 그가 자신들의 대화 내용을 알 리가 없었다.

[내가 이슈인 쪽으로도 통신을 열어놨어. 네가 하는 꼴이 하도 우스워서 말이지.]

벨라나의 말소리가 라이어의 귀를 두드렸다.

[벨라나의 의견이 제법 괜찮은 거 같아. 내가 한번 형에게 진지하게 이야기해 볼게.]

[뭐?! 안 돼, 이슈인! 절대 안 돼!]

라이어가 절규하다시피 외쳤다. 이슈인의 형이 이안 국방부 차관 겸 외교부 차관이라는 것은 이미 알고 있는 사실이고, 특히나 그가 국방부의 최대 실세라는 것은 군부에서는 상식이다. 그런 이안의 귀에 이슈인을 통해 이런 이야기가 들어간다면 그 일은 실현 가능성이 상당히 높았다.

[푸훗, 걱정 마. 그럴 일은 없으니까. 내가 이야기한다고 해도 형은 콧방귀도 안 뀔 걸. 전시 상황에 최대의 전력인 기간테스를 공병대로 돌릴 리가 없잖아. 이곳은 워낙 특수한 상황이라 어쩔 수 없이 이러는 거고. 전쟁이 끝난 다음은 모르겠지만 말이야.]

이슈인의 말에 라이어는 안도의 한숨을 내쉬었다.

[그런데, 이슈인. 넌 안 지겨워? 천하의 레퀴엠이, 어깨에 킬마크를 새기기에는 쓰러뜨린 기간테스가 너무 많은 우리 왕국의 영웅이 통나무를 깎고 있다니 말이야.]

레퀴엠은 지금 랩터2가 뽑아다가 쌓아놓은 통나무를 깎고 있었다. 목책을 만들기 위해서다. 레퀴엠 역시 별도의 장비를 지급 받지 못했다. 그래서 전투용 검으로 통나무를 깎고 있었다.

―저 친구의 말에 나도 동의한다. 레퀴엠의 검은 나무를 깎기 위해 있는 것이 아니다.

아스카론도 지금의 작업이 불만인 듯 이슈인에게 말했다.

이슈인은 아스카론의 불평에 그저 피식 웃을 뿐이었다.

"나 혼자 깎는 것도 아닌데, 뭘."

이슈인이 한쪽 옆을 본 후 대답했다. 그곳에는 아덴이 리빌드로 열심히 통나무를 깎고 있었다. 칼로 통나무를 깎는 작업은 땅을 다지거나, 나무를 뽑는 것보다 훨씬 섬세한 운용이 필요한 작업이다. 현재 이곳에서 그 정도의 운용이 가능한 싱크로율이 나오는 라이더가 오직 이슈인과 아덴뿐이었기에 두 사람이 목책으로 쓸 통나무를 모두 깎고 있었다.

[실력이 너무 뛰어나도 피곤한 거야.]

벨라나가 동정의 표정을 지으며 이야기했다.

[그런데 이 작업 생각보다 훈련이 되는걸. 너희들도 나중에 시간 남으면 한번 해봐. 싱크로율을 높이는데 제법 도움이 될 것 같아. 리바운드 플래쉬로 마나량을 늘리는 것도 중요하지만 그만큼 싱크로율도 올라야지.]

이슈인의 조언에 벨라나가 고개를 끄덕였다.

[일단 전쟁이 끝나야지. 통나무 깎느라 마나석을 모두 소비했다면 어디 보급이 나오겠어?]

벨라나의 말에 이슈인은 쓴웃음을 지으며 고개를 끄덕였다. 전쟁 중이고 이곳은 적국의 영토다.

실전을 겪으며 그곳에서 살아남아 실력을 갈고 닦는 수밖에 없었다. 너무나도 슬픈 현실이다.

기간테스의 투입과 라이더들의 분발 덕분일까. 록힐 광산 방어 진지는 빠른 속도로 모습을 갖춰갔다. 단시간에 지었다고는 믿기지 않을 완성도를 보이고 있었다. 물론 이런 완성도를 이루기까지 공병대의 보이지 않는 노력이 도처에 있었다.

큰 규모의 공사를 한 것은 기간테스이지만 그에 따른 설계와 세세한 지시, 그리고 세부 조정은 모두 공병대의 몫이었다.

포털 마법진이 완성되고 불과 5일 만에 제법 튼튼한 방어 진지가 완성되고 군의 배치가 끝났다. 광산 채굴 설비도 정비되어 본격적으로 마나석 채굴이 시작되었다.

그사이 세 명의 라이더가 추가로 바톤 윙에 적응을 끝마치고 실전 배치되었다. 그들이 최우선으로 배치된 곳이 록힐 광산이었다. 메틀라인은 그 정도로 록힐 광산을 중요하게 생각하고 있었다.

엥겔스가 자신만만한 얼굴로 박스터 앞에 섰다. 계획보다 블러드의 마나 코어 장착 작업이 늦어지고 있음에도 그의 얼굴에는 여유가 넘쳤다. 마나 코어의 성능에 대한 자신감 덕분일 것이다.

"아직 완성은 멀었는가?"

박스터가 답답한 듯 물었다.

골드 드래곤 바스테리안은 마나 코어의 장착 작업이 얼마나 어려운 줄 잘 알고 있었다. 하지만 인간 박스터는 몰랐기에 굳이 그런 모습을 보이고 있었다. 그는 지금 완벽히 유희에 빠져들어 있었다. 중간에 상정 외의 상황이 발생해 잠시 본연의 모습으로 돌아갔었지만 이제 모든 것이 톱니바퀴 물리듯 잘 돌아가고 있다.

"미세 조정 작업이 생각보다 많이 어렵습니다. 블러드 전 구동계에 동력이 고르게 분배되어야 균형적이고 안정적인 움 직임이 가능합니다만, 그것이 쉽지 않습니다. 이 정도로 출력 이 높은 기체를 만들어본 경험이 없기 때문에 그런 것이니 이 해해 주십시오."

엥겔스가 허리를 숙이며 이유에 대해서 설명했다.

"메틀라인 군은 이미 록힐 광산에 목책과 방어진을 완성하 고 어제부터 마나석 채굴에 들어갔다고 하더군."

"저도 소식을 들었습니다."

"록힐 광산을 초토화한다는 작전은 어떻게 되었지?"

"마나 코어의 장착과 브루트의 투창 생산 작업을 동시에 하다 보니 시간이 예상보다 많이 늦어졌습니다. 내일 열네 기 의 브루트와 디스토션이 출격할 것입니다."

엥겔스의 대답에 박스터가 고개를 끄덕였다.

"열다섯 기로 가능할까? 레퀴엠의 위력이 보통이 아닌 데……."

박스터가 미덥지 못하다는 듯 중얼거렸다.

"일단 내일의 출격은 브루트에 대한 테스트 성격이 강합니 다. 디스토션은 블러드의 완성 전에 제스터 장군에게 이카루 스에 익숙해질 기회를 제공하는 것이고요. 브루트와 라이더 는 현재 지속적으로 배출되고 있습니다. 내일의 전투 결과에 따라 브루트의 운용 전략이 수립될 것입니다."

엥겔스는 이미 모든 것에 대한 계산을 마쳤다는 자신감에 찬 목소리로 대답했다. 박스터로서는 그런 자신의 참모에게 신뢰를 보낼 수밖에 없었다.

"좋아, 모두 자네에게 맡기지. 좋은 결과는 나에게 가지고 오게."

"알겠습니다."

엥겔스가 허리를 숙이고는 밖으로 나갔다. 블러드의 완성을 위해 박차를 가해야 할 때였다.

"과연 어떨까?"

박스터는 창밖으로 보이는 리퍼블릭의 시가지를 바라보며 낮게 중얼거렸다.

"마나석의 채굴은 순조롭다고 합니다."

이안의 발표에 귀족들의 얼굴에 화색이 돌았다. 한 가지 큰 근심을 던 덕분이다.

"이번 작전에 비바체 함대도 동원이 되었다고 들었습니다."

다들 기뻐하는 가운데 하이드론 공작이 마음에 안 든다는 듯한 얼굴로 발언했다.

"그렇습니다."

"지난번 회의에서는 그런 이야기가 없었던 것으로 압니다만."

하이드론 공작의 질문이다.

"비바체 함대의 책임자인 바츠란 사령관에게는 단독 작전권이 있습니다. 그의 움직임은 저도 예상하지 못한 일입니다. 덕분에 이번 작전에 큰 도움을 받았습니다."

이안은 애초에 계획되었던 대로 천연덕스러운 얼굴로 말했다. 그 모습에 하이드론 공작의 입가에 조소가 맺혔다. 뻔히 보이는 수작을 부리지 말라는 뜻이리라. 곧 그의 입이 열렸다.

"우리 왕국군 움직임의 거의 전부가 차관의 머리에서 나온다는 것은 모두가 알고 있는 사실이오. 바츠란 사령관이 단독 작전권을 지녔으되, 그가 그것을 행사하지 않은지 이미 제법 많은 시간이 흘렀소. 이안 차관이 군의 작전권을 인수한 그때부터 말이오. 그런데 이번 비바체 함대의 움직임을 몰랐다고 말씀하는 것이오? 그 누가 믿을 거라 생각합니까?"

공작의 이의 제기에 이안은 쓴웃음을 머금었다. 이 자리에서 하고 싶지 않은 말을 꺼내게 만들었기 때문이다.

"어쩔 수 없었습니다. 우리의 작전이 적에게 흘러들어 가는 징후를 포착했기 때문입니다."

"뭐라고요? 그 말에 책임질 수 있습니까?"

하이드론 공작이 격앙된 목소리로 외쳤다. 꽉 쥔 주먹이 부들부들 떨리는 것이 그가 무척이나 분노하고 있다는 것을 알 수 있었다.

"있습니다."

"이곳은 우리 메틀라인의 고위 귀족들만이 모인 자리요. 그런데 이 자리에서 의논된 사안이 적에게 흘러들어 간다니, 그 말이 무엇을 뜻하는지는 알고 있겠지요. 그리고 그것이 몰고 올 파장도 말입니다."

하이드론 공작의 어조가 공격적이었다.

"잘 알고 있습니다. 그래서 조심스럽습니다. 지금도 의혹이 있는 단계일 뿐, 아직 정확한 것은 아무것도 없습니다. 단지 돌다리도 두들겨 본다는 심정으로 지난번 회의에서 핵심 작전 중 한두 가지를 빠뜨린 것입니다. 물론 국왕 전하의 제가는 받았습니다."

국왕의 제가를 받았다고 하니 더 이상 할 말이 없었다. 하이드론 공작은 한참 동안을 이안을 노려본 후 자리에 앉았다. 얼굴이 붉으락푸르락한 것이 여전히 화가 가라앉지 않는 모양새였다.

"지금 중요한 것은 그것이 아닌 것 같습니다. 앞으로의 일을 어떻게 진행하는가가 중요하지요."

라파엘 후작이 주위를 환기시켰다. 오늘 회의의 의제가 바로 그것이었다.

이안이 라파엘 후작에게 감사의 눈짓을 보냈다.

"그렇습니다. 일단 록힐 광산은 우리 왕국의 마나석 공급처의 역할과 공화국 본토 공략의 교두보 역할을 할 것입니다.

근처에 매트 성이라는 훌륭한 거점이 있습니다만, 그러면 전력이 나뉘게 되는 터라 일단은 록힐 광산을 거점으로 삼았습니다. 서서히 주변으로 세력을 넓혀가면서 제대로 된 군사 거점을 정할 생각입니다."

이안의 발표를 다들 무표정한 얼굴로 들었다.

이번 전쟁에서 거의 대부분의 실권은 지금 말하고 있는 이안 차관에게 있었다. 이제 겨우 자작에 불과한 애송이가 국가의 전쟁에서 실권을 쥐고 흔드는 모습이 노회한 고위 귀족들에게는 언짢았다.

지금까지의 실적이 좋았기에 잠자코 있어줄 뿐이다.

공화국과의 전쟁 덕분에 현재 귀족파의 세력이 상당히 약화되었다. 직접적으로 약화되지는 않았지만 국왕의 세력이 강대해지면서 상대적으로 약해지고 있었다.

이번 전쟁에 주도적으로 움직이고 있는 병사들은 모두 국방부 소속이었다. 즉, 국왕의 군대다.

속속들이 개발되는 신무기가 배치되는 것도 모두 국왕의 군대다. 이번 전쟁에서 귀족들의 사병은 일단 한 발 물러서서 관망한 덕에 그런 혜택에서는 배제되어 있었다.

이렇게 일이 흐른 것도 모두 중앙군 제도 덕분이다. 모병제라니. 20년 전 귀족파 최대, 최악의 실수가 모병제를 막지 못한 것이다. 작금에 이르러서는 그때의 그 실수가 더욱 뼈아팠다.

덕분에 겨우 자작인 애송이가 지금 눈앞에서 설치는 꼴을 가만히 지켜보고 있어야 했다.

"이번에 윙 기간테스 세 기가 추가로 록힐 광산에 배치되었다고 하던데, 그러면 본국의 방어가 너무 취약해지는 것 아닌가?"

미켈란 후작이 걱정스럽다는 듯 물었다.

"점점 더 바톤 윙에 적응하는 라이더가 늘고 있습니다. 이제부터 추가로 배출되는 라이더들은 모두 본국의 방어에 투입할 것입니다. 그리고 록힐 광산 쪽의 거점이 안정되는 대로 레퀴엠을 본국으로 불러들일 겁니다."

이안의 말이 몰고 온 파장은 상당했다.

이미 레퀴엠의 위력에 대해서는 귀족들도 잘 알고 있었다. 하이드론 공작으로서는 그것 역시 불만이었다. 결국 국왕과 바첼러 백작가의 힘이 강해진 것이기 때문이다.

"그러면 공화국의 공략은 어떻게 합니까? 가장 강력한 전력인 레퀴엠을 후퇴시킨다니요."

"이번 전쟁은 쉬이 끝날 전쟁이 아닌 것 같습니다. 공화국의 준비도 상당했구요. 이제야 겨우 우리는 제대로 된 전쟁을 수행할 위치에 왔습니다. 솔직히 전쟁 초반은 일방적인 우리의 열세였지요. 이제 겨우 동등한 입장에 온 만큼 차근차근 해나갈 생각입니다. 우리의 영토가 저들의 발에 짓밟힌 것은 가슴 아픈 일입니다만, 그것에 분노만 하다가는 또다시 그 치욕을 당할 수도 있으니 조심해야 합니다."

'그리고 서서히 압박하여 공화국을 완전히 없애야 하지요. 그것이 국왕 전하의 뜻이니까요.'

이안은 마지막 말을 머릿속에서만 했다. 아직 밝힐 때가 아니었다.

*　　　*　　　*

"준비는 다 되었지?"

제스터가 바쁘게 움직였다. 열네 기의 브루트가 나란히 서 있었고, 그 앞에 각 기체의 라이더들이 도열해 있었다. 드디어 오늘, 공화국의 영토에 감히 더러운 발을 들이민 메틀라인 녀석들을 쓸어버리러 출격을 한다.

제스터의 디스토션을 비롯한 열다섯 기의 기간테스는 모두 네 자루의 투창을 장비했다. 메틀라인에서 자신들을 향해 쓰던 전법을 그대로 돌려준다고 생각하니 절로 미소가 지어지려 했다.

"모두 이카루스의 운용에는 익숙해졌나?"

모든 준비가 끝난 듯하자 제스터가 큰 소리로 물었다.

"네!"

우렁찬 대답이 열네 명의 라이더에게서 동시에 터져 나왔다.

"좋다. 이제 우리는 감히 우리의 영토를 침범한 적들을 치러 간다. 모두 각오를 단단히 하고 적들을 몰아내는데 최선을 다하도록. 여러분들에게 주어진 기체는 우리 공화국은 물론 전 대륙을 통틀어서도 최고의 기체다."

라이더들의 두 눈이 형형하게 빛났다.

"그러면 모두 콕피트에 탑승하고 마나 엔진을 기동한다."

제스터의 명령이 떨어짐과 동시에 라이더들은 재빨리 콕피트에 올랐다.

이어서 묵직한 듯하면서도 가벼운 마나 엔진 기동음이 울렸다. 지금까지의 마나 엔진들과는 조금 다른 기동음이었다. 기동음이 울리기 시작하고 30초 남짓 지났을까. 디스토션을 포함한 열다섯 기의 기간테스는 일제히 붉은 날개를 펼쳤다.

딜레이 타임이 끝난 것이다. 마도 시대의 설계도로 만든 마나 엔진의 강점 중 하나가 바로 짧은 딜레이 타임이었다.

[전 기 이륙한다.]

통신을 통한 제스터의 명령이 떨어지자마자, 열다섯 기의 기간테스는 일제히 날아올랐다. 지상에 세찬 광풍을 남긴 기간테스들은 곧 작은 점이 되어 먼 하늘로 사라졌다.

리퍼블릭에서 록힐 광산까지의 거리는 대략 750킬로미터이다. 한 번의 비행으로 가기에는 먼 거리다. 그리고 한 번에 간다면 마나 잔량이 거의 0이 되므로 중간 보급이 필요했다.

공화국에서 제작한 이카루스의 성능은 바톤 윙과 속도면

에서는 큰 차이가 없었다. 하지만 효율면에서는 성능이 30% 정도 더 뛰어나 비행 시간이 더 길었다.

비행이 시작되고 두 시간 15분 정도 지났을 때 상태창의 마나 잔량이 거의 0이 되었음이 나타났다.

[전원 착륙하여 마나석을 교체한다. 록힐 광산까지 이제 20 킬로미터 정도 남았다. 아직 적들에게서 반응이 없는 것으로 보아 우리의 접근을 모르고 있다. 보급과 휴식 후 일시에 공격한다.]

제스터의 명령과 함께 열다섯 기의 기간테스는 적당한 곳에 착륙했다. 사방으로 먼지 바람이 광풍과도 같이 날렸다. 콕피트의 해치를 열고 모습을 보이는 라이더들의 얼굴은 땀으로 푹 절어 있었다.

하늘을 난다는 것이 쉬운 일이 아니었다. 보통의 기간테스 기동에 비해 훨씬 높은 집중력을 요했기에 그만큼 피로도 빨리 왔다.

마나석을 교체한 후 제스터는 록힐 광산 쪽을 노려보았다.

'조금만 기다려라. 내가 끝장을 내줄 테니까.'

제스터의 두 눈이 이글이글 타올랐다. 그 대상이 이슈인임은 말할 필요도 없었다.

제스터는 마나 문신을 새긴 등이 유독 욱씬거린다고 생각했다. 아마도 곧 문신의 근원이 된 녀석을 만나게 되기에 그런 것이리라.

타닥타닥타닥.

급박하게 달리는 발소리가 복도에 울렸다. 그 소리는 지금 달리고 있는 사람이 얼마나 다급한지를 여실히 알려주었다.

체통도 잊고 전력으로 달리고 있는 사람은 카를로 바첼러 백작이었다. 조금 전 은밀히 전해진 소식에 대경하여 마법 통신으로 아들에게 그 소식을 전하기 위해 다급히 가고 있는 것이다.

"백작님, 어쩐 일이십니까?"

마법 통신을 담당하는 마법사는 백작의 모습에 깜짝 놀라서 물었다. 오랜 세월 바첼러 백작가에 있었지만 이런 백작의 모습은 처음이었던 까닭이다.

"급하네. 지급으로 이안과 통신을 연결해 주고 자리를 비켜주게."

카를로 백작의 목소리에서, 그리고 표정에서 그 다급함이 어느 정도인지 충분히 전해져 왔다. 마법사는 즉시 통신 수정구에 마나를 불어넣으며 이안의 통신 좌표를 입력했다.

과연 이안이 이 통신을 받을 것인가.

통신 수정구의 반응을 살피는 카를로 백작의 얼굴은 초조함으로 가득했다.

"무슨 일이십니까?"

수정구에 마법사의 얼굴이 나타났다. 이안의 저택에 있는 마법사였다.

"지급으로 백작께서 자작께 전할 말씀이 있다고 하네."

"자작님은 지금 궁에 입궐하셨습니다. 아마도 국방부 차관 집무실에 있을 듯하니 그곳으로 재전송해 드리겠습니다."

곧 마법사의 얼굴이 사라졌다.

'빨리빨리. 한시라도 빨리 전해야 한다.'

카를로 백작은 입안이 바짝바짝 말라 들어감을 느꼈다. 어찌 이 중요한 정보가 이제야 들어왔을까. 왕국의 정보부에서도 전혀 눈치를 못 챈 듯하니 이 일이 얼마나 극비로 이루어졌는지 알 수 있었다.

그렇게 얼마나 애타는 시간을 보냈을까. 수정구에 아들의 얼굴이 나타났다. 그때의 그 반가움이란 말로 표현할 수 없었다.

"무슨 일이십니까?"

중간에 통신을 중계한 저택의 마법사에게 지급이란 이야기를 전해 들은 것 같았다. 카를로 백작은 곁에 있는 마법사에게 눈짓을 했다. 그 의미를 알아차린 마법사는 곧 방을 빠져나가고 방에는 백작만이 남았다.

"미스트에게서 전언이 왔다."

"무사했군요."

그 말에 이안의 얼굴에 화색이 돌았다. 미스트는 바첼러 백작가에서 벨런시아 공화국에 심어둔 정보요원으로 한동안 아무 소식이 없었기에 그에게 무슨 일이 생겼다고만 추측하고 있었다.

"다행히 그렇더구나. 그런데 그가 보내온 소식이 보통 소식이 아니다."

"뭡니까?"

아버지의 얼굴에 어린 긴장감을 읽은 이안이 조심스레 물었다.

"공화국에서 이카루스를 개발한 것 같다."

"네?"

이안은 믿을 수 없다는 듯 되물었다. 어찌 그렇지 않겠는가. 바톤 윙을 개발하는데도 수많은 시행착오를 겪으며 고생했다. 그런데 바톤 윙을 한 단계 뛰어넘은 이카루스를 개발했다니 믿을 수 없었다. 아스카론이 아니었다면 이카루스라는 존재조차 모를 뻔하지 않았던가.

"공화국에서 마도 시대의 유적을 발굴한 모양이다. 그곳에 설계도가 있었다고 하는구나. 3.0 출력의 마나 엔진 설계도와 기간테스 설계도도 입수해 신형 기간테스 역시 개발했다고 한다. 기체명은 브루트, 이카루스를 적용해서 현재 30기 정도 완성했다고 한다. 그리고 조만간 15기가 출격할 거라 하는구나. 급하게 전한 소식인지라 그 정도가 전해온 소식의 전부다."

급하게 전한 소식치고는 무척 중요하고도 많은 정보를 전했다.

"언제 들어온 정보입니까?"

"조금 전이다. 받자마자 바로 이곳으로 왔다. 아무래도 이 슈인이 위험할 듯하구나."

카를로 백작이 걱정스레 말했다. 그 말에 이안이 고개를 끄덕였다. 그의 생각 역시 같았다. 지금 공화국이 비행이 가능한 윙 기간테스를 출격시킨다면 그 목표는 뻔했다.

록힐 광산밖에 없었다.

"알겠습니다. 즉시 록힐 광산에 소식을 전하겠습니다."

수정구에서 이안의 얼굴이 사라졌다. 록힐 광산에 통신을 연결하기 위해 바첼러 백작가와의 통신을 끊은 것이다.

아버지와의 통신을 끊고 록힐 광산 점령본부에 지급으로 통신을 넣은 이안은 초조하게 수정구를 바라보았다. 하지만 아무리 기다려도 누구도 통신을 받지 않았다. 불길한 예감이 이안의 등줄기를 타고 흘러내렸다.

"적이다!! 윙 기간테스다!!"

망루에 올라 망원경으로 주변을 살피던 경계병은 깜짝 놀라서 외쳤다. 감시를 해서 발견한 것이 아니다. 그저 허리와 목이 아파서 잠시 근육을 풀기 위해 기지개를 켜면서 하늘을 올려다보다가 발견한 것일 뿐이다. 처음에는 커다란 새인 줄 알았다. 하지만 그의 기억에 붉은 날개를 가진 새는 없었다. 이상하다는 생각에 망원경으로 보고서는 기겁을 했다.

붉은 빛의 날개를 펼친 열다섯 기의 기간테스가 쏜살같이 내려오고 있었다. 그중 한 기가 그의 뇌리에 너무나도 인상이 강하게 박힌 디스토션이 아니었다면 결코 적의 습격인지 알 수 없었을 것이다. 공화국에 웡 기간테스가 있다는 소리는 들어본 적이 없었으니까.

그의 외침에 즉각 메틀라인 진영은 비상이 걸렸다. 곳곳에서 랩터2와 바일론이 소환되었으며 마나 엔진 기동음이 울렸다.

본부 막사에서 현재 상황을 점검하던 크로아 사단장도 웡 기간테스라는 말에 소스라치게 놀라 막사 밖으로 달려나왔다. 참모진은 물론 통신병조차 자리를 박차고 나왔다. 그만큼 믿을 수 없는 외침을 들었기 때문이다.

그때 통신 수정구가 깜빡이기 시작했다. 지급임을 알리는 붉은 빛으로 깜빡였으나 이미 막사에는 아무도 없었다. 이안이 초조한 마음으로 보낸 통신은 그렇게 한 발 늦었다.

크로아 사단장은 두 눈을 부릅떴다. 보고서도 믿을 수 없었다. 붉은 빛의 날개를 펼치고 쏜살같이 내려오는 열다섯 기의 기간테스를 보고도 도저히 믿을 수가 없었다. 아니, 믿기 싫었다. 그중 한 기가 디스토션이었기에 더욱 그랬다.

"전원 전투태세! 한시라도 빨리 기간테스를 소환하고 기동하라!"

크로아 사단장은 다급히 명령을 내리고 그 자신도 자신의 랩터2를 소환했다. 메틀라인 진영은 그야말로 혼란에 빠졌다. 상정하지 못했던 상황이었기에 혼란은 컸다.

이슈인은 멍하니 하늘을 올려다보았다. 아무리 다시 보아도 분명했다. 빛깔은 달랐지만 공화국 기간테스가 펼치고 있는 것은 이카루스였다.

"어떻게……."

이슈인은 믿을 수 없다는 듯 중얼거렸다. 자신이야 아스카론이 있기에 가능했지만 어떻게 공화국에서 그것을 만들어낸단 말인가. 보고도 믿을 수 없었다.

─초기형 이카루스다. 레퀴엠의 완성형에는 비할 수 없으니 너무 걱정 마라.

아스카론의 음성이 이슈인의 머릿속에 파고들었다.

'어떻게 알 수 있지?'

─빛깔이 다르다. 붉은빛의 이카루스는 초기형이다. 네 가문에서 만든 기계형 윙에서 마나형 윙으로 변한 첫 형태의 이카루스의 빛깔이 붉은빛이다. 그후 푸른빛과 노란빛의 단계를 거쳐서 완성형이 주홍빛이다.

아스카론은 별것 아니라는 듯 말했다.

─성능 면에서도 네 가문에서 만든 바톤 윙이라는 것과 크게 차이 나지 않는다. 단지 기계형에서 마나형으로 바뀌면서

마나 효율이 올라가 비행 지속 시간이 30%정도 늘어났다.

'확실한 거야?'

—적어도 내 기억에는 그렇다.

이슈인의 물음에 아스카론은 대수롭지 않다는 듯 대답했다.

"그렇다면 불행 중 다행이긴 한데……."

이슈인은 머릿속을 떠도는 복잡한 생각을 정리하면서 중얼거렸다.

"이슈인 써드 룩! 뭐 하는가! 어서 레퀴엠을 소환하지 않고!!"

그때 크로아 사단장의 흥분한 목소리가 이슈인의 귀를 두드렸다. 상황이 상황이다 보니 그와 같은 백전노장도 평정심을 유지하지 못하고 있었다.

이슈인의 레퀴엠은 현재 메틀라인 왕국군 최대의 전력이다. 그런데 라이더인 이슈인이 아직 소환조차 하지 않고 있으니 격앙된 외침이 튀어나온 것이다.

현재 당장 기동이 가능한 윙 기간테스는 이슈인의 레퀴엠뿐이다. 다른 기간테스는 모두 딜레이 타임 상태다. 딜레이 타임이 '0'인 레퀴엠이 한시라도 빨리 적을 견제해 줘야 했다.

"어서 서둘러! 다른 기체들은 현재 딜레이 타임에 묶여 있다!!"

다시 들려온 크로아 사단장의 외침.

그제야 이슈인은 정신이 번쩍 들었다. 이카루스에 생각을 집중한 나머지 다른 기체들의 딜레이 타임에 대해서는 까맣게 잊어버린 것이다.

"레퀴엠 소환!"

이슈인은 서둘러 레퀴엠을 소환해 콕피트에 탑승했다. 그리고 바로 이카루스를 펼치고 하늘로 날아올랐다.

"후후후."

메틀라인 왕국의 진영을 내려다보고 있노라니 절로 웃음이 새어 나왔다. 당황과 혼란 속에서 어쩔 줄을 몰라하는 저 모습이라니.

바톤 윙이라는 것으로 처음 아군의 진영을 공격했던 메틀라인의 라이더의 심정도 이랬을까 하고 잠시 생각해봤다. 제스터는 여유롭게 아래를 내려다보았다.

좀 더 깊은 절망을 적들에게 주기 위해 여유를 부리고 있는 것이다. 적들의 기간테스의 딜레이 타임은 1분 30초에서 2분이다. 그것은 윙 기간테스 역시 마찬가지다. 어차피 랩터2에 바톤 윙을 장비한 것뿐이니 당연했다.

그들의 딜레이 타임이 끝날 때가 임박해서 공격하리라.

그렇게 생각하고 제스터는 하강 중간에 정지 명령을 내리고 아래를 내려다보고 있었다. 이미 양손에 투창을 소환해 들고 있었다.

아래로 던지기만 하면 된다.

여유로운 얼굴로 아래를 내려다보던 제스터의 얼굴이 딱딱하게 굳었다.

레퀴엠이 소환되는 모습에 슬쩍 미소를 지었다. 이제 곧 지옥으로 보내줄 수 있으니 말이다. 그런데 곧바로 이카루스를 펼치고 날아오르지 않는가.

"네 녀석은 딜레이 타임이 없단 말이냐!"

믿을 수 없다는 듯 외친 제스터는 급히 명령을 내렸다.

"전원 투창 투척!"

레퀴엠이 날아오른 이상 더 이상 여유를 부릴 수 없었다. 레퀴엠의 위력은 직접 겪어본 제스터가 가장 잘 알고 있었다.

모두 서른 자루의 투창이 빠른 속도로 땅을 향해 떨어졌다. 지상의 경계병은 망원경으로 그 모습을 똑똑히 보았다.

"적이 투창을 던졌습니다. 모두 서른 자루로 보입니다!"

크로아 사단장의 얼굴이 딱딱하게 굳어 들었다. 설마 공화국에서 투창까지 만들었을 것이라고는 상상도 못한 탓이다. 정말로 꿈이라면 당장에라도 깨고 싶은 악몽이다.

투창이 날아오는 모습은 이슈인의 눈에도 똑똑히 보였다.

"빌어먹을 놈들. 대체 어떻게 저렇게 다 따라한 거야."

이슈인은 레퀴엠의 상승을 멈췄다. 자신이 할 수 있는 한 최대한 투창의 개수를 줄여야 아군의 피해를 줄일 수 있기 때문이다.

레퀴엠이 검을 뽑아 들었다. 이슈인의 양손에서 흘러나간 마나는 레퀴엠의 마나 회로를 따라 돌면서 그레이트 서클을 그린다.

레퀴엠의 두 눈이 황금빛을 뿌리며 번쩍였다.

이슈인은 정신을 집중해서 인피니트 소드를 펼쳤다. 과연 이번에도 제 위력을 발휘할 것인지 의문이었다.

공중에 멈춰서 이런 식으로 펼치는 것은 처음인 탓이다.

"블리자드 블레이드!"

이슈인의 입에서 인피니트 소드 두 번째 수법의 이름이 터져 나왔다. 그와 동시에 어지러운 궤적을 그리면서 움직이는 검은 강렬한 검풍을 동반했다.

레퀴엠의 검은 사방으로 강렬한 기운을 토해냈다. 눈보라의 검이라는 명칭답게 온갖 곳으로 눈폭풍이 몰아쳤다.

하늘 위의 인물들도 땅 위의 인물들도 그 모습을 멍하니 바라보았다.

공화국의 라이더들은 추가로 투창을 더 던져야 한다는 것을 잊었고, 메틀라인 왕국군은 사방으로 흩어져 투창의 피해를 최소화해야 한다는 것을 잊었다.

기간테스가 피어스 브레이크라니.

이 사실을 믿어야 하나, 말아야 하나.

다들 그런 얼굴이다.

이미 한 번 온몸으로 겪은 적이 있는 제스터조차도 믿을 수 없다는 얼굴로 아래를 내려다보았다. 그의 양뺨이 푸들푸들 떨렸다.

적군도, 아군도 경악으로 몰아넣은 블리자드 블레이드의 영역에 걸려든 투창은 눈폭풍에 휘말려 멀리 날아갔다. 이슈인이 전력으로 펼친 검막을 피한 투창은 겨우 네 자루였다. 모두 서른 자루가 날아들었다는 것을 생각하면 믿을 수 없는 위력이다.

콰콰쾅!

막지 못한 투창 네 자루가 땅에 박히며 요란한 폭발을 일으켰다. 익스플로전 마법이 내장되어 있었다. 바첼러 백작가에 있는 설계도를 가져가서 그대로 만든 것이 아닌가 하는 생각이 들 정도로 똑같았다.

이슈인 덕에 피해를 줄일 수 있었지만 그래도 네 자루의 투창이 남긴 상처는 컸다.

메틀라인 왕국군 진영의 혼란은 더욱 커졌다.

그만큼 크로아 군단장이 바빠졌다.

아래를 힐끗 내려다본 이슈인의 얼굴이 굳어졌다. 지금 눈에 보이는 저 피해들이 모두 자신 때문인 것만 같았다. 자신이 제대로 정신을 차리고 조금만 더 빨리 날아올랐다면 다 막을 수 있지 않았을까 라는 생각이 든 때문이다.

이슈인은 다시 고개를 돌려 위를 향했다.

저 피해를 만든 원흉들이 그곳에 있었다. 이슈인의 두 눈에 핏발이 서기 시작했다.

"제스터!!"

이슈인의 커다란 고함 소리가 레퀴엠의 콕피트를 뒤흔들었다.

레퀴엠의 주홍빛 날개가 더욱 크게 펼쳐졌다. 그리고 레퀴엠은 빠른 속도로 상승했다. 지금까지 보여준 적이 없는 속도였다.

"뭐, 뭐야?"

그 모습에 제스터를 비롯한 라이더들은 당황했다. 정보에 없는 성능이다.

—싱크로율이 급격히 상승하고 있다. 방금 90%를 넘어섰다.

아스카론의 말이 이슈인의 머리에 울렸으나 그 말은 이슈인의 의식에 들어가는데 실패했다. 그저 공허한 울림으로 사라졌다.

이슈인은 인식하지 못했지만 아스카론이 싱크로율이 90%가 넘어섰다고 말한 순간부터 레퀴엠은 작은 변화를 보이기 시작했다.

이마에 있는 세 갈래 뿔의 중심에 위치한 마름모꼴의 화이트 골드가 강렬한 빛을 뿌렸다. 하얀 황금빛은 두 눈이 뿌리는 황금빛과 묘한 조화를 이루었다.

　가슴의 황금빛도 더욱 진해졌으며 몸체 곳곳에서 금빛이 쏟아져 나오기 시작했다.

　레퀴엠의 마나 엔진이 더욱 격렬하게 기동한다.

CHAPTER 6
공중전

레퀴엠의 이카루스가 점점 더 커졌다. 마치 와이번의 날개
가 활짝 펼쳐진 듯한 모습이다.

순식간에 레퀴엠이 열다섯 기의 기간테스 사이에 나타났
다.

제스터의 디스토션을 비롯한 열네 기의 브루트는 두 번째
의 투창을 미처 소환하지 못한 상태였다.

검을 들지 않은 레퀴엠의 왼 주먹이 가장 가까이에 있는 브
루트에게 날아갔다.

쿠앙!

레퀴엠의 주먹이 만들어내는 요란한 충격음을 남기고 브

루트는 멀리 날아갔다. 이슈인은 그 모습을 확인하지 않았다. 레퀴엠은 이미 다른 브루트에게 발차기를 하고 있었다. 두 번째 브루트가 날아간 곳은 첫 번째가 날아간 곳과 같은 방향이었다.

"네 이놈!"

제스터의 디스토션이 검을 소환해 쥐고는 레퀴엠을 향해 날아갔다.

[전원 포위해서 공격하라! 놈은 혼자다. 상하에서도 포위하면 완벽하게 가둘 수 있다!]

제스터의 명령에 브루트의 라이더들이 정신을 차렸다. 워낙 순식간의 일인지라 아직 무슨 일인지 제대로 인식도 못한 사이에 두 명의 동료가 날아가 버렸다. 그들은 지금 겨우겨우 공중에서 자세를 잡고 다시 이곳으로 날아오고 있었다.

정신을 차린 공화국의 라이더들은 제법 빠른 움직임을 보였다. 상당한 훈련을 받은 모습을 보였다.

이슈인이 세 번째 브루트를 날려 보냈을 때, 어느새 여섯 기의 브루트가 이슈인을 포위했다.

상하, 전후, 좌우.

여섯 방향의 포위. 하지만 이슈인은 당황하지 않았다. 일단 전면의 브루트를 쓰러뜨리고 포위망을 벗어나려 하였다. 그 찰나 아래에서 창 한 자루가 솟아올랐다.

"쳇."

레퀴엠은 재빨리 몸을 비틀어 아래의 공격을 피했다. 그 순간 위와 뒤에서 다시 검이 날아들었다.

"헷갈리는군."

전후좌우뿐만 아니라 상하의 포위 공격은 그야말로 처음 겪는 상황이다. 공중에서 싸운다는 특수한 상황이기에 가능한 일이다.

이슈인으로서는 처음 당하는 공격에 손발이 조금 어지러웠다. 공화국의 라이더들은 이 포위 공격에 대해 어느 정도 손발을 맞춰 훈련을 하였는지 공격이 꽤 유기적이었다. 그래서 이슈인이 더 애를 먹고 있었다.

근처까지 날아온 제스터는 만족스러운 미소를 머금었다. 조금 전의 그 분노한 모습은 이미 사라지고 없었다.

먹이가 그물에 걸린 것을 보는 사냥꾼의 모습으로 포위망 속의 레퀴엠을 바라보았다. 이슈인의 시야에도 디스토션이 들어왔다. 이미 이겼다는 듯 오연히 검을 들고 공중에 떠 있는 모습이다.

"쳇. 마음에 안 들어."

적의 공격을 피하고, 막고, 튕겨내다가 때때로 반격을 가하며 이슈인이 중얼거렸다.

붉은빛의 이카루스부터 떠 있는 자세까지 어느 것 하나 신경을 긁지 않는 것이 없었다.

―어차피 네가 더 강하다. 네 자신을 믿어라.

그때 아스카론의 목소리가 들렸다.

─싱크로율은 계속 유지 중이다. 너의 검을 펼쳐라.

레퀴엠은 현재 최상의 상태였다.

"그래. 내가 이 날파리들의 방식으로 맞상대할 필요는 없잖아."

아스카론의 충고에 혼란에서 벗어난 이슈인은 침착하게 검을 움직였다. 레퀴엠의 검로가 달라졌다.

땅을 디디지 않고 검을 부딪치는 싸움.

이슈인은 이것에 잠시 당황한 것이다. 어느새 일루전 문은 이슈인의 주특기 중 하나가 되어 있는 덕분이다. 일루전 문으로 적의 의표를 찌르는 움직임을 보이지 못하는 탓에 평소와 다르게 손발이 어지러워진 것이다.

하지만 인피니트 소드는 그 자체로 최강의 검법이었다.

일루전 문의 도움이 없다고 적을 쓰러뜨리지 못하는 그런 약한 검법이 아니었다.

레퀴엠의 검이 인피니트 소드의 검로를 따라 움직인다. 점점 더 안정적으로 검을 움직이기 시작하면서 오히려 브루트들의 움직임이 꼬이기 시작했다. 여섯 방향의 포위 공격은 포위를 하는 쪽에도 상당한 부담을 주었기 때문이다.

이슈인은 그 틈을 놓치지 않았다.

위와 아래에서 동시에 창이 찔러 들어오자 재빨리 오른쪽으로 돌진했다. 세찬 내려치기와 함께였다. 오른쪽에 있던 브루트는 동료들과 보조를 맞춰 다음 공격을 준비 중이었다. 그때 갑자기 날아든 검격에 제대로 대처하지 못하고 뒤로 밀렸다.

그렇게 만들어진 공간에 레퀴엠이 위치했고 위아래의 공격은 허공을 갈랐다.

레퀴엠의 검이 다시 움직였다. 뒤로 튕겼다가 다시 제자리를 찾으려던 브루트의 라이더는 피를 토했다.

어느새 레퀴엠의 검이 브루트의 복부에 깊숙이 박혀 있었다. 적들의 공격과 공격 사이의 틈에 절묘하게 찔러 들어간 대응이었다.

훈련의 기간이 짧은 만큼 공격이 단조로운 것이 약점이었고 이슈인은 그것을 놓치지 않았다. 처음에 정신을 못 차린 것이 우스울 정도였다.

일단 한 기를 쓰러뜨리니 다음은 쉬웠다.

레퀴엠의 검은 폭풍과도 같이 몰아쳤고, 순식간에 여섯 기의 브루트가 추락했다.

쾅! 콰쾅!

브루트가 땅에 추락하면서 요란한 소리가 산을 떨어 울렸다.

"빌어먹을 괴물 놈."

제스터의 얼굴은 다시 일그러져 있었다. 마치 악귀와도 같은 얼굴이다.

이번에는 두 번째 작전을 써야 했다.

3.0의 출력과 자신들의 수를 믿는 작전이다.

[전원 록힐 광산을 초토화시켜라! 광산에만 전력을 집중한다!]

원래의 작전 목적에 충실한 명령이다. 하지만 첫 번째 작전과는 좀 달랐다.

광산에만 전력을 집중한다고 했다. 즉, 메틀라인 왕국군은 무시하라는 뜻이었다. 아마도 이 작전은 순조롭게 진행되지 못할 것이다.

이유는 말할 것도 없이 눈앞에 있는 레퀴엠이다.

그런 레퀴엠을 붙잡아두는 것.

그것이 지금부터 제스터가 할 일이었다.

여덟 기의 브루트가 사방으로 흩어져 날아가는 것과 동시에 디스토션의 검이 레퀴엠의 머리를 향해 떨어졌다.

채앵!

기간테스의 검과 검이 부딪치는 묵직한 소리가 울릴 때, 메틀라인 왕국군 진영에서 랩터2가 날아올랐다. 여덟 기의 브루트를 잡기 위해서였다.

딜레이 타임은 진작에 끝났지만 레퀴엠의 싸움에 끼어들 수 없어서 일단 경계 태세만 취하고 있었다. 그러다가 적이 흩어져 광산으로 날아들었기에 그에 대응해 움직인 것이다.

이슈인은 그 모습을 확인하고 디스토션에 집중했다.

아군의 랩터2 윙은 모두 여덟 기. 자신이 이 녀석을 맡으면 수는 딱 맞아떨어졌다. 레퀴엠을 포위했던 여섯 기를 격추시킨 덕이다.

"그래도, 저 신형 기간테스의 출력이 더 높은 것 같은데……."

이슈인은 걱정스레 중얼거렸다. 직접 상대해 봤기에 알 수 있었다. 적의 신형 기간테스는 자이안보다 출력이 높았다.

이렇게 이곳에서 걱정을 해서는 소용이 없었다.

한시라도 빨리 디스토션을 쓰러뜨리고 아군을 도와야 했다. 이슈인은 디스토션에 정신을 집중했다.

"거슬려."

제스터는 레퀴엠을 노려보면서 중얼거렸다. 몸체 곳곳에서 빛을 발하는 황금색이 그의 신경을 자극했다. 황금빛이 점점 더 밝아지는 것 같은 느낌이었다.

아니, 확실히 더 빛나고 있었다. 그것이 묘하게 신경을 긁었다.

이슈인과 제스터는 서로의 기간테스를 노려보며 정신을 집중했다. 두 기의 기간테스는 그렇게 대치한 채 공중에서 천천히 빙글빙글 돌았다.

─이렇게 시간을 끌어도 괜찮은 건가? 아군이 고전하는 것 같은데.

아스카론의 목소리가 들렸으나 이슈인은 무시했다. 빨리

끝내기 위해 이러고 있는 것이었으니까.

'빈틈이 보이는 순간 한 번에 끝낸다.'

일격필살.

그것이 이슈인의 노림수였다.

제스터도 그것을 느끼고 있었다. 등줄기가 땀으로 축축하게 젖어들었다.

'아차 하는 순간 당한다.'

제스터의 집중력도 최고조로 올라갔다. 그 때문에 이슈인의 눈에 쉽사리 빈틈이 보이지 않았다. 대신 디스토션 주변을 감싸고 도는 심상치 않은 마나의 흐름만이 보일 뿐이었다.

"쉽지 않겠어."

이슈인이 심각한 얼굴로 낮게 중얼거렸다.

짧지만 긴 대치가 이어지는 듯했다. 이슈인은 결정을 내렸다. 확실한 빈틈을 기다리는 것은 시간이 너무 걸릴 듯했다. 곁눈질로 힐끔 본 아군의 상태는 점점 더 위태로워지고 있었다.

먼저 움직인 것은 레퀴엠이었다. 우월한 출력을 이용하여 밀어붙이는 것부터 시작했다.

묵직한 힘이 실린 검이 디스토션의 머리 위로 떨어졌다. 디스토션은 방패를 들어 레퀴엠의 검을 막았다.

쾅!

요란한 소리가 울렸다. 그리고는 곧바로 휘청이며 아래로 떨어졌다. 디스토션의 이카루스가 레퀴엠의 공격에 의한 충격을 버티지 못한 것이다.

이 또한 공중전이기에 나타날 수 있는 일이다.

이것은 이슈인도 제스터도 예측하지 못한 일이었다. 의외의 상황에 이슈인의 얼굴에 미소가 떠올랐다.

이것은 지상에서의 싸움이 아닌 공중에서의 싸움임을 깨달았기 때문이다. 단단한 땅이 몸을 지지해 주는 지상에서의 싸움과는 그 궤가 완전히 달랐다. 공중에서 몸체를 지탱해 줄 수 있는 것은 오로지 이카루스뿐이었다.

그 때문일까? 아군의 랩터2가 위태위태한 듯하면서도 근근이 버티고 있었다. 공중을 날아다닌 경험이 달랐기에 그 경험을 이용하여 적절히 대응을 하고 있는 것이다.

이슈인의 얼굴에 여유가 찾아왔다. 차근차근 자신이 가진 이점을 이용해서 싸우면 된다.

공중을 나는 기간테스와 맞붙는 싸움은 이슈인 역시 처음이었다. 하지만 하늘을 난 경험이 달랐다.

단순히 이동을 위해 날았을지라도 그 시간이 준 노하우는 제스터의 그것과 비교할 수 없었다. 더군다나 이카루스의 성능 역시 레퀴엠이 월등한데다 출력은 비할 수 없었다. 어느 모로 보나 이슈인이 유리한 싸움이다.

"크윽."

이카루스의 출력을 최대로 올려서야 겨우 디스토션의 몸

체를 지탱할 수 있었다. 제스터의 악다문 이 사이로 신음이
흘러나왔다.

"좋았어."

이슈인의 한마디 말과 함께 레퀴엠이 높이 솟구쳐 올랐다.
빠른 속도의 상승에 제스터는 순간 레퀴엠의 움직임을 놓쳤
다.

하나 그것도 잠시다.

레퀴엠이 다시 시야에 들어왔다. 무시무시한 속도로 이번
에는 하강하고 있었다. 검을 앞세운 레퀴엠의 하강 방향에는
디스토션이 있었다.

"이놈이!!"

제스터는 이슈인이 무엇을 노리는지 단번에 파악했다. 그
역시 역전의 용사다. 지상전과 공중전의 차이를 느끼고 있었
다.

디스토션은 빠르게 뒤로 후퇴했다.

이슈인은 그 모습도 지켜보고 바로 방향을 꺾었다. 진행 방
향에 예리한 예각의 궤적을 남기면서 날아간 레퀴엠의 검격
이 디스토션을 향해 떨어졌다.

제스터는 재빨리 방패와 검을 교차해 이슈인의 일격을 막
았다.

쿠앙!

또다시 요란한 소리가 울린다. 디스토션은 속절없이 뒤로

날아갔다.

기간테스 마나 엔진의 출력은 상관없었다. 이카루스가 상대방의 공격에 의한 충격을 버틸 수 있는 출력이 되지 않았기에 그냥 뒤로 튕겨 나간 것이다.

'이번에는 아슬아슬했어. 디스토션이 조금만 늦게 피했다면 방향을 바꾸지 못했을 거야.'

이슈인은 중요한 요령을 하나 깨달았다. 그것도 상대방의 움직임에서 말이다.

'공중전에서 중요한 것은 기간테스의 출력이 아니야. 기간테스의 몸체를 잡아주는 이카루스의 성능과 출력이 중요해. 그리고 라이더의 조종 실력과 공중전에 대한 요령도 마찬가지로 중요해.'

디스토션과의 이 일전은 이슈인에게 굉장히 중요하고도 값진 경험이었다.

공화국에서 이카루스를 만든 이상 앞으로 계속해서 이런 공중전이 벌어질 것이다. 그때 어떤 전술과 요령으로 움직여야 하는지를 이번 싸움으로 하나씩 배우고 있었다.

그 기회는 제스터에게도 있었다.

하지만 제스터는 아직 제대로 깨닫지 못하고 있었다. 그것은 제스터의 능력이 이슈인에 비해 떨어져서가 아니었다. 단지 경험이 이슈인보다 적기 때문이다.

지상에서의 전투에서는 대륙 그 누구보다도 뛰어난 백전

의 용사이자, 라이더인 제스터이다. 하지만 공중전에서는 그 역시 햇병아리다. 이카루스의 훈련을 한 달도 채 하지 못했고, 실전은 이번이 처음이지 않은가.

애초에 공중에서의 전투는 이번 작전에 들어 있지 않았다.

공중에서 투창으로 지상을 공격해 록힐 광산을 초토화시킨 후 후퇴하는 것이 이번 작전이었다.

레퀴엠의 대응이 빨랐기에, 그리고 레퀴엠의 방해 때문에 록힐 광산 자체에 별다른 피해를 입히지 못했기에 작전이 최선에서 차선으로 바뀌었다. 하지만 여덟 기의 브루트를 잃은 후에는 차선에서도 최후의 방법으로 다시 작전이 변경되었다.

그 최후의 작전에서 제스터는 이슈인에게 형편없이 당하고 있었다.

레퀴엠은 이카루스를 활짝 펼치고 다시 날았다.

그 방향에는 속절없이 뒤로 튕겨 날아갔다가 겨우 자세를 잡은 디스토션이 있었다.

"빌어먹을."

눈앞에 보이는 레퀴엠을 보고는 제스터의 얼굴이 험악하게 일그러졌다. 공중에서의 싸움에서는 승산이 없음을 깨달았다.

'지상으로 몰고 가야 한다.'

결론은 나왔다. 하지만 그 결론대로 움직이는 것이 불가능에 가까웠다. 일단 적을 지상으로 끌어내릴 방법이 없었다. 부딪치는 족족 튕겨 나가는 것은 디스토션이지 않은가.

제스터는 최대한 머리를 굴렸다.

이렇게 공중에서 부딪쳐서는 자신이 밀릴 뿐이다. 불리한 것을 알면서 공중을 전장으로 고집할 이유가 없었다.

맞싸움을 붙어서는 레퀴엠을 지상으로 끌어내릴 방법이 없었다. 방법이 있다면 단 한 가지다. 도박과도 같은 방법이다. 만약 레퀴엠이 자신을 포기한다면 오히려 최악의 악수가 되어버리는 방법이다.

그렇게 제스터가 고민하는 사이 디스토션은 두 번을 더 뒤로 튕겨 날아갔다. 이슈인이 절묘하게 방향을 조정하며 공격했기에 록힐 광산에서 크게 멀어지지도 않았다.

이슈인도 이슈인 나름대로 급했다. 아군의 기간테스가 잘 버티고 있다고는 하지만 열세인 것은 사실이다. 아군의 바톤윙과 적군의 이카루스 사이의 성능 차이가 거의 없었기에 출력에서 밀리는 랩터2가 아무래도 불리했다. 출력이 3.0인 아덴의 랩터2 리빌드만이 대등한 싸움을 펼치고 있었다. 그리고 최근에 배치된 세 기는 도망 다니기에 급급했다.

결국 제스터는 결정을 내렸다.

그리고 그것은 최악의 선택이었다.

디스토션이 자세를 잡자마자 제스터는 뒤도 돌아보지 않고 지상으로 날아내렸다.

"빌어먹을."

하늘을 날 수 있으면 동등하게 싸울 수 있을 것이라 생각했다. 그랬기에 이번 작전에서 레퀴엠에게 복수를 해주리라 생각하고 출격했다.

비록 공중에서 투창으로 공격을 하고 후퇴를 하는 작전이라 할지라도 레퀴엠이 추격해 주기를 바랐다. 레퀴엠을 쓰러뜨리기 위해서 말이다.

그런데 이렇게 참담한 결과라니.

'어쨌든 날 쫓아와라, 레퀴엠. 지상에서 결판을 내자. 그래도 이번에는 지난번처럼 호락호락하게 당하지 않을 것이다.'

제스터는 이를 악물었다.

이슈인은 공중에 정지한 채 지상으로 날아가는 디스토션의 뒷모습을 바라보며 미소를 지었다.

"너무 하늘을 나는 것에만 집착했어. 그것이 당신의 패착이에요, 제스터."

이슈인은 담담히 중얼거리면서 검의 소환을 해제했다. 그리고 레퀴엠의 오른손을 뻗어서 다른 무기를 소환했다.

등을 보이고 날아가는 적을 굳이 쫓아가서 벨 필요는 없었다. 이슈인은 이미 그것을 깨닫고 있었다. 자신에게 또 다른 유효한 공격 수단이 있음을 말이다.

레퀴엠의 손에 투창이 쥐어졌다.

"당신이 디스토션의 마법을 활용했다면 훨씬 힘든 싸움이 되었을 것입니다."

이슈인이 나직이 읊조렸다.

제스터가 마법을 떠올리지 못하도록 더욱 몰아쳤다. 쉽사리 단번에 끝낼 틈을 찾지 못했기에 적의 손발의 묶으려 택한 방법이었다. 이카루스의 성능 차이와 출력 차이를 깨달았기에 가능한 방법이었다.

제스터는 이상한 느낌에 뒤를 흘깃 보았다. 레퀴엠의 속력이라면 땅 위로 자신을 쫓아오는 그림자가 보여야 하건만 울창한 숲에 비친 그림자는 단 한 개였다.

지상 가까이에 도착하여 고개를 돌린 제스터는 보았다.

오른손을 쳐들고 몸을 한껏 뒤로 젖힌 레퀴엠을.

그리고 레퀴엠의 손에 쥐여진, 햇빛을 받아 반짝이는 창이 제스터의 두 눈에 아로새겨졌다.

"빌어먹을 새끼!!!"

제스터의 입에서 욕설이 터져 나왔다. 설마 저런 방법을 쓸 줄이야…….

아니, 이것은 자신의 생각이 짧은 것이다. 자신들도 투창을 던져서 적을 공격하지 않았던가. 그리고 그 전법은 원래 메틀라인에서 사용하던 것이 아닌가. 그렇다면 투창을 던질 수도 있다는 것을 생각했어야 했다.

수많은 생각이 제스터의 뇌리를 스치고 지나갔다.

제스터는 전력을 다해 속력을 높였다. 어떻게는 벗어나야 했다.

쌔앵!

레퀴엠이 투창을 던졌다.

쐬에에엑.

투창이 바람을 가르며 날아오는 소리가 귓가에 들리는 것만 같은 착각이 들었다. 제스터는 이를 악물었다.

절대로 맞으면 안 된다.

맞는 순간 투창에 내장된 익스플로젼 마법이 발동한다. 그러면 끝장이다.

전력을 다해 날아가던 제스터의 머리를 번쩍이며 스쳐 지나간 생각이 있었다.

절박함이 만들어낸 생각일 것이다.

투창은 이미 던져졌다. 그리고 한 번 던져진 투창은 진로를 바꾸지 못한다. 거기까지 생각이 미친 제스터는 전력을 다해 디스토션의 비행 방향을 꺾었다.

지상 근처의 낮은 저공 비행이라 힘들었지만 전력을 다했다. 왼쪽으로 예각을 그리면서 방향을 트는 순간,

쌩.

공기를 가르며 지나가는 투창.

그야말로 간발의 차이였다. 제스터의 양 손바닥과 얼굴, 등은 식은땀으로 축축이 젖어 있었다.

그야말로 절체절명의 순간에서 살아남았다.

그렇게 찰나를 보내고 막 안도의 한숨을 내쉬려 하였다.

그때,

콰콰쾅!!

엄청난 폭음과 강렬한 충격파가 디스토션을 덮쳤다.

디스토션에게서 빗나간 투창이 땅에 박히면서 일으킨 폭발의 여파였다. 저공으로 날고 있었기에, 창은 빗나가자마자 땅에 박혔고 디스토션이 폭발 권역을 벗어나기 전에 폭발의 충격파가 덮친 것이다.

"크윽."

공중에서 폭발의 기운에 휩쓸린 디스토션은 처참하게 날아올라갔다.

"순간 아차 했어."

이슈인이 딱딱하게 굳은 얼굴로 디스토션을 보았다.

어느새 디스토션에게 날아든 레퀴엠의 손에는 다시 검이 들려 있었다.

서걱.

검은 디스토션의 허리를 가르고 지나갔다.

콕피트 아래로 검이 지나간 것은 일부러 그런 것인지, 폭발에 휘말려 요동을 치며 불규칙적으로 움직이는 디스토션을 제대로 조준하지 못해서인지, 이슈인만이 알뿐이다.

그렇게 디스토션을 침묵시킨 이슈인은 브루트와 싸우고 있는 아군을 향해 날아갔다.

공중전에 대한 요령을 막 습득한 터였다.

이슈인의 움직임에는 거침이 없었다.

이슈인이 전장에 도착했을 때 막 두 번째 랩터2 윙이 쓰러지는 때였다. 먼저 한 기를 쓰러뜨린 브루트는 랩터2 리빌드를 향해 날아갔다. 그것 때문에 아덴이 2대 1로 힘겹게 싸우고 있었다.

그리고 다른 한 기가 다시 리빌드를 향해 날아가려는 순간, 레퀴엠이 그 앞을 막았다.

"어, 어떻게?"

레퀴엠의 모습을 본 브루트의 라이더는 깜짝 놀라 주변을 살폈다. 제스터의 디스토션을 찾는 것이다. 그리고 그는 발견했다, 상체와 하체가 분리된 채 쓰러져 있는 디스토션을.

"진정 괴물이란 말인가……."

일방적인 승리를 기대하며 이곳으로 날아왔다. 그런데 이것은 대체 어떻게 된 일이란 말인가.

처음 투창을 던질 때만 해도 승리할 것이라 믿어 의심치 않았건만, 지금 눈앞에 펼쳐진, 자신이 겪고 있는 현실은 절망이었다.

절망이 의식을 지배하자 라이더의 두 눈이 음울하게 변했다. 텅 빈 동공이 어두운 기운을 뿌린다.

"으아아아악!!"

절규와도 같은 그의 외침이 콕피트를 가득 채우는 순간, 등에서 검은 빛이 번쩍인다.

마나 문신이 칠흑과도 같은 어둠의 빛을 강렬하게 흩뿌렸다.

텅 빈 채 음울한 어둠이 가득 찬 두 눈.

흰자위마저 검게 변하는 그때,

"크크크크크크."

기이한 괴소가 그의 입을 비집고 튀어나왔다.

"죽어라!!"

그리고 뒤이어진 외침.

하지만 브루트가 향하는 방향은 그의 적인 레퀴엠을 향해서가 아니었다.

사방으로 흩어져서 윙 기간테스의 싸움을 긴장한 채 지켜보던 메틀라인 군을 향해서였다. 그곳은 광산 지역도 아니었다.

절망이 피시술자의 의식을 완전히 지배할 때 일어나는 문신의 폭주.

그것은 엥겔스에게 책을 건넨 바스테리안조차도 예상하지 못한 부작용이었다.

박스터로서 바스테리안이 엥겔스에게 건넨 책. 그것은 하나의 논문이었다. 완벽하게 안정성이 검증된 법칙이 적용된 것이 아닌 연구 중인 가설이 적용된 논문이었기에, 이런 부작용이 있는 것이다.

그리고 그것이 가설에 근거한 논문이라는 것을 바스테리안은 몰랐기에 불완전한 책을 엥겔스에게 건네게 된 것이다.

"우아아악! 이쪽으로 온다!!"

병사들이 혼비백산해서 사방으로 달아났다.

[랩터2 네 기는 낙하 예상 지점을 방패로 막는다! 그 뒤를 바일론이 지지한다! 서둘러!]

크로아 사단장의 명령이 통신을 통해 기간테스의 콕피트를 울렸다. 전투가 진행되는 동안 어느새 냉정한 사단장으로서의 모습을 되찾은 그였다.

그의 명령에 기간테스들이 일사불란하게 움직였다.

예상치 못한 움직임에 멍하니 폭주한 브루트를 지켜본 이슈인이다. 아니, 정확히는 자신을 향했던 악의로 가득 찬 마나의 움직임에 놀라서 멍해졌다.

마나의 방향이 자신을 향했기에 당연히 적의 기간테스가 자신을 덮칠 것이라 생각하고 방어와 반격의 준비를 했건만 저리로 날아가 버린 것이다.

콰앙!

브루트와 네 기의 랩터2의 방패와의 충돌음이 요란하게 울린다. 랩터2 한 기 당 두 기의 바일론이 등 뒤를 받쳐 준 덕분에 랩터2는 단단히 그 자리를 지켰다. 방패와 부딪친 브루트는 튕겨서 땅에 곤두박질 쳤다.

그 즉시 랩터2가 브루트를 포위했다.

라이더들의 눈에는 긴장의 빛이 역력했다. 하지만 브루트는 아무런 미동도 없었다. 낮은 마나 엔진 기동음만이 연신 울린 뿐이다.

그래도 랩터2는 포위를 풀지 않았다. 언제 갑자기 덮칠지 알 수 없는 일이다. 이카루스까지 가진 기체이지 않던가.

그때, 이슈인은 땅에 곤두박질 친 브루트 주변의 마나가 기이하게 엉키면서 흐르는 것을 보았다. 언젠가 본 적이 있는 마나의 움직임.

[모두 비켜!!]

이슈인이 다급하게 외친 소리가 레퀴엠의 외부 확성기를 통해 크게 울려 퍼져 나갔다. 이슈인은 전력을 다해 몸을 날렸다. 시간이 얼마나 남았는지 알 수 없었기에 그야말로 전력을 다했다. 레퀴엠이 이카루스의 한계가 어디까지인 듯 시험하듯이 빠른 속도로 하강했다.

레퀴엠은 순식간에 지상에 착륙했다.

콰앙!

제대로 속력을 줄이지 않았기에 엄청난 소리와 진동이 땅을 뒤흔들었다. 이슈인은 그런 것에 아랑곳하지 않고 브루트의 양다리를 잡았다. 그리고는 제자리에서 빙글빙글 돌았다.

레퀴엠의 회전이 만들어낸 원심력에 브루트의 몸이 떠올랐다. 지상의 메틀라인 군은 대체 왜 저러나 하는 얼굴로 이슈인의 행동을 지켜보았다. 랩터2들은 방해가 되지 않게 충분한 공간을 두고 뒤로 물러나 있었다.

몇 바퀴 돌지 않았는데 브루트 주변의 마나의 요동이 더욱 격해졌다.

'시간이 없어.'

이슈인은 다급했다. 빠르게 공중을 훑었다. 아군의 기체가 없는 방향을 확실하게 머릿속에 입력했다.

다음 회전에 레퀴엠은 브루트를 잡은 손을 놓았다.

출력 3.83의 레퀴엠의 전력을 다해 만들어낸 회전이었다. 브루트는 순식간에 하늘 멀리 날아갔다.

브루트가 보통의 어른만 한 크기로 보이는 곳까지 날아간 순간,

쿠아아아쾅~!!

강렬한 빛과 거대한 폭음을 남기며 브루트는 사라졌다.

자폭.

그것이었다.

순간 전장은 멈췄다. 시간이 멈추기라도 한 듯 모든 기체의 동작이 정지했다.

갑작스러운 자폭으로 왕국군도, 공화국군도 놀라서 멈췄다.

누구도 예상치 못한 갑작스러운 사태다. 오직 이슈인만이 예측하고 움직였다.

예전에 보았던 불길한 마나의 움직임, 그것과 같은 느낌이

었기에 이슈인이 그렇게 서둘러 움직인 것이다.

먼 하늘의 불꽃을 본 메틀라인 군의 병사들은 가슴을 쓸어 내렸다. 저것이 만일 이곳에서 터졌다면 어찌 되었을까. 그런 끔찍한 생각이 머리를 스치고 지나갔다.

"후우……."

여기저기서 안도의 한숨이 흘러나온다.

참으로 긴 시간 같았지만 정말로 순식간에 모든 일이 벌어 졌다. 레퀴엠과 대치하던 브루트가 갑자기 메틀라인 군을 향해 날아든 것부터 해서 2분이 채 지나지 않았다.

그사이 이 모든 일이 벌어진 것이다.

지상의 병사들은 한숨을 내쉰 후 멍해졌다. 너무 짧은 시간에 너무 엄청난 일이 지나간 때문이었다.

"대체 저 녀석은 어떻게 된 거지? 탈출도 하지 않고 자폭 장치를 작동시키다니……."

이슈인이 알 수 없다는 듯 중얼거렸다. 아무리 생각해도 이해할 수 없는 행동이었다.

그런 이슈인과 같은 심정인 사람이 있었다.

제스터였다.

제스터는 무사했다. 레퀴엠의 검이 쿡피트 아래를 베고 지 났기 때문이다. 땅에 추락했을 때의 충격은 쿡피트의 안전장 치가 흡수해 주었다.

제스터는 쿡피트에서 나오자마자 자신의 부하가 날뛰는

모습을 보았다. 이윽고 자폭에 이르는 모습까지 말이다.

"로마리안… 대체 왜 그런 것이냐?"

제스터는 허탈하게 중얼거렸다. 설마 저런 식으로 무모하게 자폭할 줄은 몰랐던 것이다. 잠시 눈을 감고 부하의 죽음에 애도를 표했다.

그러던 중 제스터는 고개를 갸웃거렸다. 어느 순간부터 로마리안의 기간테스 운용이 이상했음을 깨달은 것이다.

"자폭과 연관이 있을까?"

머릿속에 떠오른 의문을 중얼거리는 사이, 사방에서 인기척이 들렸다.

"저기, 디스토션의 잔해가 보입니다!"

"살아 있다면 근처에 제스터가 있을 것이다. 어서 찾아라!"

인기척의 수는 점점 늘어났고, 급박한 움직임까지 감지되었다.

"훗. 벌써 수색에 나선 것인가? 빠르군."

쓸쓸한 얼굴로 중얼거린 제스터는 품에서 스크롤 카드를 꺼냈다. 이번에도 또 패전을 겪고 도망을 가야 한다니 자신의 꼴이 너무 우습다는 생각이 들었다.

"발견했습니다! 제스터입니다!"

그때 바로 몇 미터 떨어진 곳에 메틀라인 왕국의 병사가 나타났다.

그때, 제스터는 스크롤 카드를 찢었고, 밝은 빛과 함께 그곳에서 사라졌다.

"쳇. 스크롤 카드인가? 한 발 늦었군. 그 높이에서의 추락이라면 정신을 잃었을 것이라 생각했거늘."

수색을 지휘한 장교는 아쉽다는 듯 중얼거렸다. 그 역시 라이더들이 비상 탈출용으로 공간이동 스크롤 카드를 지니고 있음을 잘 알고 있었다. 하지만 정신을 잃은 상태라면 혹시라도 생포할 수 있지 않을까 하고 서둘러 수색에 나선 것이다.

그런데 간발의 차로 놓쳐 버렸으니 그로서는 무척이나 아쉬운 일이었다.

"응? 뭐지?"

그때 디스토션의 근처에 있던 병사 하나가 이상한 소리에 디스토션에 다가갔다. 콕피트의 해치는 열려 있었기에 내부를 한눈에 볼 수 있었다.

자폭까지 앞으로 2분 13초.

디스토션의 상태창에 대륙공용어로 큼지막하게 쓰여진 글이다. 그리고 숫자는 계속해서 줄어들고 있었다.

"디, 디스토션의 자폭 장치가 가동되었습니다!!"

병사가 얼굴이 새하얗게 질려서 다급하게 외쳤다.

"뭐? 당장 이곳을 전력으로 벗어난다! 모두 흩어져!"

부하의 외침에 장교는 즉시 산개 명령을 내렸다. 설마 자폭 장치를 가동시킨 후라고는 생각도 하지 못했기에 더욱 당황했다.

'젠장. 과연 제스터라는 건가. 그 와중에 자폭 장치를 가동시켜 두다니.'

입맛이 썼다.

그사이에 하늘의 싸움은 정리가 되었다. 레퀴엠의 가세 덕이다. 거의 대부분의 적들을 레퀴엠이 처리했다. 아덴의 리빌드도 한 기의 브루트를 격추시켰다.

하지만 적에 대한 정보는 전혀 얻을 수 없었다. 모두 자폭을 한 탓이다.

살아남은 공화국 라이더들은 자폭 장치를 가동시키고 공간 이동으로 달아났다. 한데 한 기에서 모든 기간테스에 자폭 명령을 내릴 수 있는 것인지, 라이더가 즉사한 브루트도 모두 자폭했다.

메틀라인 왕국으로서는 무척이나 아쉬운 일이다.

엄청난 위력을 보였던 적의 기간테스에 대한 정보를 아무것도 얻지 못했으니 말이다.

CHAPTER 7
전장 뒤의 전쟁

　엥겔스가 도면을 보면서 사방으로 큰 소리로 외쳤다. 이리저리 손짓을 하며 바쁘게 돌아다녔다. 거친 소리와 시끄러운 소음들이 뒤섞여 정신이 하나도 없는 곳이다.

　중앙에는 외장갑 전체를 시뻘겋게 칠한 기간테스가 서 있었다. 핏빛을 상징하는 듯 기분 나쁜 모습이다.

　블러드.

　이 기간테스의 이름이다. 엥겔스가 발굴해 온 출력 5.0의 마나 코어가 탑재될 기체다. 조금이라도 빠르게 완성하기 위해 더욱 바쁘게 돌아가는 이곳을 박스터가 조용히 내려다보고 있었다.

그의 눈빛은 낮게 가라앉아 있었다.

마나 코어를 실제로 보는 것은 이번이 처음이다. 지금까지는 그저 엥겔스에게 보고만 받았다. 그것으로도 충분할 것이라 생각했기 때문이다.

오늘은 공정 단계도 확인할 겸, 이곳의 연구원들을 격려할 겸 방문한 것이다.

그런 그의 눈에 마나 코어가 보였다.

핏빛의 붉은 물체는 마치 심장을 보는 듯했다.

마나 코어라는 이름을 가졌지만 그것은 피를 가득 머금은 심장과 다름없는 모양이었다.

"기분 나쁜 녀석이로군………."

박스터가 얼굴을 찡그리며 낮게 중얼거렸다.

"아무리 봐도 암흑 마법의 기운이 느껴져."

마나 코어를 보는 박스터의 눈빛이 심상치 않았다.

암흑 마법.

고대 마도 시대의 유파 중 하나로 현재의 흑마법의 원조가 되는 것이다. 하지만 마도 시대의 멸망과 함께 완전히 사라졌다. 흑마법은 겨우 남은 암흑 마법의 아주 작은 조각을 연구하여 발전시킨 것에 불과했다. 흑마법은 암흑 마법에 비하면 보름달 앞의 반딧불과 다름없었다.

"암흑 마법의 기운이 담긴 마나 코어가 잘도 신전의 눈을 피했군."

박스터는 신기하다는 듯 중얼거리면서 발길을 돌렸다.

정신없이 블러드의 제작을 지휘하던 엥겔스의 눈에 이미 작아진 박스터의 뒷모습이 들어왔다. 한시라도 빨리 블러드를 완성하는 것이 자신의 할 일이라는 생각에 굳이 박스터를 쫓지 않았다. 대신 자신의 일에 더욱 박차를 가했다.

'그러고 보니, 록힐 광산으로 간 제스터 장군에게서 아직 연락이 없군.'

제스터에 대한 생각도 잠시, 엥겔스는 곧 온 정신을 블러드에게 집중했다.

그사이 공화국 군부는 난리가 났다. 호기롭게 출전을 했던 브루트의 라이더들이 속속들이 포털을 이용해 귀환하고 있었기 때문이다. 그중에는 제스터도 있었기에 더욱 경악했다.

라이더들이 비상용으로 가지고 있는 스크롤 카드는 작전 지역에서 가장 가까운 포털 스팟으로 좌표가 정해져 있다. 그후 포털 스팟을 이용해 리퍼블릭으로 귀환하는 것이다.

그런 포털 스팟을 통해 브루트의 라이더들이 속속들이 귀환하는데 그중 제스터가 섞여 있었으니 군부의 혼란은 말할 것도 없었다.

그렇게 군부에 혼란을 안겨준 제스터는 지금 박스터를 마주하고 있었다.

박스터는 블러드의 진행 과정을 확인하고 돌아오던 차에

연락을 받고 급히 집무실로 제스터를 호출한 것이다.

박스터가 심각하게 굳은 얼굴로 제스터를 바라보았다. 이런 상황은 박스터 자신의 시나리오에는 없었다.

"어떻게 된 것인가?"

박스터의 입에서 나오는 목소리가 결코 곱지 않았다.

"계산 착오였습니다. 아니, 자만이었습니다."

제스터는 솔직하게 말했다.

"구체적으로 설명을 해줬으면 하네만."

박스터는 깍지 낀 손으로 턱을 받쳤다. 그리고 지그시 제스터를 바라보았다. 보통 사람이라면 엄청난 압박감과 위압감을 느낄 상황이다. 하지만 제스터는 눈 하나 깜짝하지 않고 자신의 패전에 대해서 설명을 시작했다.

"먼저 레퀴엠의 성능이 우리 측의 추정치와 달랐습니다. 그리고 가장 중요한 사항이 빠져 있었습니다."

"뭐가 말인가?"

"레퀴엠의 딜레이 타임은 '0' 이었습니다."

제스터의 말에 박스터의 얼굴이 더욱 딱딱하게 굳었다. 설마 딜레이 타임 '0' 의 마나 엔진이 있을 것이라고는 상상도 못한 때문이다.

'설마 메틀라인에서도 마나 코어를 발견한 것인가? 아니면, 최종형의 마나 엔진을?'

박스터의 머리가 혼란스러워졌다. 딜레이 타임이 '0' 일 가능성은 단 두 가지뿐이다. 메틀라인에서 직접 개발하지 않았다면 말이다. 하지만 모든 것이 거의 불가능에 가까웠기에 박스터는 당혹감을 느끼고 있었다.

"첫 번째로 저희가 던진 투창 대부분을 레퀴엠이 쳐냈습니다."

제스터가 쓸쓸한 웃음을 지으며 말했다. 그 상황은 그로서도 정말이지 의외의 상황이었으니 말이다. 설마 그런 식으로 전개가 될 것이라고는 창을 던지는 바로 그 순간에도 예상하지 못했었다.

박스터는 수많은 고민을 하면서 제스터의 말을 묵묵히 듣고 있었다.

"그리고 공중전이라는 것은 지상전과 전혀 달랐습니다. 우리는 날아가서 타격하고 다시 날아서 돌아온다는 것에만 초점을 맞추고 훈련을 했습니다. 비행이 가능한 적의 기간테스와 공중에서 전투가 벌어진다는 상황은 전혀 상정하지 않았죠. 그건 적들도 마찬가지였습니다만, 비행의 경험이 달랐습니다. 그들이 우리보다 경험이 많았던 만큼 적응도 빠르더군요. 특히나 레퀴엠의 라이더는 상상을 초월할 속도로 적응을 했습니다. 거기에다가 레퀴엠의 이카루스의 성능은 우리 것을 훨씬 능가하기까지 했습니다."

긴 설명을 한 호흡에 순식간에 했다. 이곳으로 오면서 생각한 바가 많았기에 이렇게 설명을 할 수 있었으리라.

"그렇다면 어떤 대책을 세워야 할까?"

박스터가 물었다.

"기간테스는 현재 존재하는 최강의 전술병기입니다. 하지만 레퀴엠은 이미 그 수준을 넘어섰습니다. 가히 전략 병기라고 해도 될 정도입니다."

제스터의 말에 박스터는 고개를 끄덕였다. 이번 전투까지 레퀴엠이 보여준 위력은 그 말에 대한 이론의 여지를 없애기에 충분했다.

"결국은 우리 역시 그 같은 병기를 갖춰야 합니다. 블러드가 완성되기 전에는 레퀴엠과 부딪치는 것은 피해야 할 듯합니다."

제스터의 말에 박스터는 얼굴을 찡그렸다.

"결국 자네 말은 우리가 준비가 되기 전에는 저들이 우리 영토를 유린해도 어찌할 수 없다는 말 아닌가?"

"설사 그렇다 하더라도, 전력의 피해를 보는 것보다는 낫습니다. 블러드가 완성이 되면 레퀴엠을 확실히 막을 수 있습니다. 저조차도 과연 5.0의 출력이 어느 정도의 위력을 보일지 상상이 안 됩니다. 4.0만 생각하더라도 전율이 일 정도인데 5.0은 어떻겠습니까? 블러드는 확실히 레퀴엠을 막습니다. 그러면 문제는 다른 기간테스들입니다. 그들을 상대하기 위해서라도 우리는 전력을 보존해야 합니다. 지금 레퀴엠을 상대하는 것은 전력의 낭비, 그 이상도 이하도 아닙니다."

"음……."

제스터의 설명에 박스터는 작은 신음을 흘리며 침묵했다.

"그리고 야전 지휘관의 경험으로 말씀드리자면, 영토의 점령은 시간이 많이 걸리는 일입니다. 기간테스로 쓸고 지나간다고 해도, 일반 보병 부대로 주변을 정리하고 안정화해야 합니다. 그런 과정이 끝나야 영토를 점령했다 할 수 있습니다. 블러드의 완성까지 남은 시간에 메틀라인에서 확보할 수 있는 영토는 얼마 없습니다."

제스터의 설명은 계속 되었다.

"저는 그 시간 동안 전력을 보존하면서 공중전에 대한 훈련을 강화해야 한다고 생각합니다. 이번 전투에서 깨달은 것은 기간테스 대 기간테스의 공중전은 지상전과 그 양상이 전혀 다르다는 것입니다. 출력이 높은 기간테스가 낮은 기간테스에게 밀릴 수도 있습니다. 그 때문에 브루트가 랩터2를 압도하지 못했습니다. 그에 대한 훈련이 필요합니다."

제스터는 설명을 마치고 입을 닫았다. 결정을 하는 것은 박스터다. 제스터는 그저 자신의 의견을 제시할 수 있을 뿐이다.

"좋아. 자네에게 모두 맡기지. 누가 뭐라고 해도 자네는 공화국의 영웅이니까."

"감사합니다."

짧지 않은 고민 끝에 박스터는 결론을 내렸고, 공화국 군부는 다시 바빠졌다. 제스터가 가져온 당혹감은 제스터가 시행하는 훈련에 밀려 사라졌다.

*　　　*　　　*

새로운 훈련을 시행하는 것은 메틀라인 역시 마찬가지였다. 디스토션과의 전투에서 깨달은 것을 바탕으로 이슈인이 제안한 것이 시행되는 것이다.

록힐 광산의 하늘에서 연신 기간테스가 날아다니며 검을 부딪쳐 대고 있었다. 풍부한 마나석의 공급 덕에 훈련을 하면서 마나의 걱정은 없었다.

하지만 실전을 방불케 하는 대련식 훈련 덕에 기간테스의 파손이 많았다. 그것을 수리하기 위해 아론 백작이 록힐 광산으로 급파되었다. 물론 레퀴엠과 이슈인을 연구할 욕심에 자원한 것이다.

그러나 현장은 그의 생각과 달랐다.

쉬지 않고 찾아오는 기간테스의 수리 때문에 그는 그야말로 눈코 뜰 새도 없이 바빴으니 말이다.

쿠앙! 캉!

공중을 휘돌며 랩터2와 랩터2가 부딪쳤다. 요란한 소리가 사방으로 쩌렁쩌렁 울린다. 마치 천둥이 치는 듯한 소리에 놀랄 법도 하건만 이제는 익숙해진 듯 다들 자신의 일에 몰두하고 있었다.

마나석의 채굴도 다시 순조롭게 이루어지고 있었다.

[아직 멀었어요.]

이슈인의 통신에 밀레느는 얼굴을 찡그리면서 이를 악물었다. 자신 밑에서 훈련병으로 있던 녀석이 이제는 자신을 가르치고 있으니 더욱 이를 악물게 되었다. 이슈인에게 우습게 보일 수는 없는 노력해야 했다.

구오오오오.

이카루스가 만들어내는 비행음이 록힐 광산 상공을 뒤덮었다. 레퀴엠은 빠른 속력으로 랩터2 윙의 사이를 뚫고 지나갔다. 그 위력에 세 기의 랩터2 윙이 속절없이 뒤로 날아갔다. 하지만 곧 자세를 바로 잡았다. 그간의 훈련 성과 덕이다.

"휘유. 완전 괴물이군."

아덴이 질린 듯이 중얼거렸다. 자신 역시 랩터2 윙과 함께 레퀴엠을 공격하고 있지만 좀처럼 우세를 점할 수가 없었다. 리빌드의 출력은 3.0인데다 다른 랩터2와 함께 합공을 하는 데도 말이다.

"공중전은 윙의 성능이 중요한 것 같단 말이야."

다시 자신을 향해 날아오는 레퀴엠을 보면서 아덴이 중얼거렸다. 레퀴엠은 기간테스 자체의 위력도 대단했지만 비행 능력은 그야말로 사기적이었다. 바톤 윙으로는 상상도 하지 못할 비행을 보여주고 있었다.

"다들 이번에는 기필코 막자고요."

밀레느의 외침이 통신을 통해서 들려왔다.

랩터2 윙들은 다시 전열을 정비했다. 그 모습을 보는 이슈인은 빙긋 미소를 지었다. 랩터2 윙들이 대형을 완성하는 순간 레퀴엠은 비행 방향을 직각으로 꺾어서 공중으로 솟구쳤다.

"아차!"

놀라는 순간 어느새 레퀴엠은 다시 아래로 강하하고 있었다. 랩터2 윙들의 머리가 고스란히 노출되었다.

레퀴엠의 두 손이 바쁘게 랩터2 윙을 두드렸다.

[이건 아무리 훈련을 해도 훈련이 안 됩니다.]

아덴의 목소리가 통신을 통해 들렸다.

[이 정도로 비행 능력이 차이가 나면 훈련이 의미가 없어요. 설마 공화국에서 레퀴엠의 이카루스와 동등한 능력의 비행 장치를 만들어낼 리도 없고요. 그들의 이카루스의 성능은 우리의 바톤 윙과 비슷합니다.]

불평 비슷한 이야기다.

[이건 제 훈련입니다만…….]

이슈인의 대답에 다들 맥없는 미소를 지었다. 그랬다. 아무리 레퀴엠과 이슈인이라 하더라도 훈련은 해야 했다. 일방적으로 상대를 압도하더라도 그 과정을 훈련을 했냐와 안 했냐의 차이가 컸다.

이슈인은 최대한 효율적인 전투법을 찾기 위해 훈련을 하고 있었다. 문제는 이슈인의 상대를 해주고 있는 랩터2의 라이더들이었다. 이렇게 일방적으로 당하기만 하니 점점 맥이 빠져 버리는 것이다.

물론 비행 능력은 점차 좋아지고 있다.

레퀴엠의 사기와도 같은 기동을 조금이라도 따라 잡으려 노력한 결과였다. 하지만 아무리 발전을 해도 도무지 따라 잡을 길이 보이지 않으니, 그들의 의욕이 떨어지는 것도 당연한 일이다.

밀레느와 아덴만이 이를 악물고 이슈인을 상대했지만, 이슈인의 그런 말에는 그들도 맥 빠진 웃음을 지을 수밖에 없었다.

전장의 시간은 빠르게 흘렀다.

항상 긴장을 하고 훈련을 하며 대비를 하기 때문인가. 태양과 달의 움직임은 너무나 빨랐다.

어느새 일주일이 흘렀다. 하지만 록힐 광산 주변은 여전히 조용했다.

대신, 메틀라인 왕국의 왕성이 시끄러울 뿐이다.

"이제 그만 조사를 끝내는 것이 어떻겠습니까?"

귀족들의 얼굴에는 불쾌한 빛이 역력했다.

록힐 광산 공략전 이후 귀족들에 대한 대대적인 조사가 이루어졌다. 공화국의 첩자가 있다는 것이 그 이유였다. 귀족들은 무척 불쾌해했다.

그것은 핑계일 뿐 국왕이 귀족들의 세력을 약화시키려 한다는 것이 그 이유였다. 벌써 이 주일이 지났는데도 조사가 계속되고 있는 것이 그 증거라는 생각이 대세였다.

더군다나, 조사를 진행하는 곳이 정보부가 아닌 국방부였기에 그런 의혹은 더욱 커졌다.

하지만 이안은 꿋꿋하게 조사를 진행했고, 마침내 어제 모든 귀족에 대한 1차 조사가 완료되었다.

그 과정에서 이제 그만 조사를 마치자는 하이드론 공작의 의견이 나온 것이다.

"공작 각하의 의견이 옳다는 생각입니다."

"이미 모든 귀족을 조사했는데도 이렇다 할 성과가 없지 않습니까."

귀족들이 들불처럼 일어나 하이드론 공작의 의견에 동조했다. 그들 모두 이제는 참을 만큼 참았다는 얼굴이었다. 엠피엘 국왕의 시선이 이안을 향했다.

그 시선을 받은 이안이 입을 열었다.

"일단 공식적인 조사는 마무리하겠습니다."

"공식적인 조사는 마무리하겠다는 말이 무슨 뜻입니까?"

하이드론 공작이 불쾌하다는 얼굴로 물었다. 그 말 이면에 있는 뜻을 파악했기 때문이다.

"비공식적인 조사는 계속된다는 뜻입니다."

"그게 무슨 말장난이오!"

"말도 안 됩니다!"

즉각 곳곳에서 불만에 찬 외침이 터져 나왔다. 그들은 국왕
이 함께 있음을 아랑곳하지 않았다. 여기에서 더 밀리면 그야
말로 귀족파의 힘이 국왕에게 완전히 압도당한다 여겼기 때
문이다. 그들은 그야말로 벼랑 끝에 섰다는 심정으로 이 자리
에 있었다.

"아무 성과가 없었다고 평가하셨지만, 그것은 오해이십니
다. 몇 가지 의심스러운 점을 찾았습니다. 그리고 앞으로는
비공식적으로 그것들에 대해 조사를 할 계획입니다."

그 말을 하는 순간 이안의 두 눈은 날카롭게 빛났다. 그리
고 회의석상에 있는 모든 귀족을 빠르게 훑었다. 이안의 말은
계속 이어졌다.

"이 자리에 있는 대부분의 분들은 우리가 찾아낸 의문점에
서 벗어나 있으십니다. 그러니 너무 걱정하지 마십시오. 하지
만 몇몇 분들에 대한 조사는 계속 진행될 예정이니 그에 대해
서는 양해해 주시기 바랍니다."

이안의 말에 대부분의 귀족들은 안도의 표정을 지었다. 자
신은 그 용의선상에서 제외되었을 것이라는 굳은 믿음을 가진
자들이었다. 이안은 여전히 유심히 귀족들의 표정을 살폈다.

"자, 그럼 다음 안건으로 넘어가도록 하겠소."

엠피엘 국왕의 의제를 바꿨다.

"지난번에 록힐 광산을 습격했던 공화국의 신형 기간테스에 대해 알아낸 것이 있소? 그들 역시 비행이 가능한 기간테스를 만들어냈는데 말이오."

이번에는 회의장에 침묵이 찾아왔다.

헬레니온 정보국장 역시 꿀 먹은 벙어리가 되었다. 이안 역시 제대로 된 정보를 얻지 못한 듯했다.

"허어……"

엠피엘 국왕이 실망스럽다는 얼굴로 한숨을 쉬었다.

"일단 교전을 분석한 추정치에 대해서만 말씀드리겠습니다. 메테나이져에서 올린 보고입니다. 적의 신형 기간테스는 모두 마나 엔진 출력이 3.0이나 그에 근접한 것으로 추정됩니다. 아덴 경의 랩터2 리빌드와의 위력전에서 호각으로 싸운 것으로 보아 그렇게 추정한다고 했습니다. 그리고 저들이 만들어낸 비행 장치는 이카루스라 합니다. 기동 방식이 레퀴엠의 그것과 비슷하다 합니다."

이안의 말에 귀족들의 얼굴이 딱딱하게 굳었다. 레퀴엠은 마도 시대의 유물이다. 그런데 그 유물과 같은 기동 방식의 병기가 공화국에 있다고 하니 놀란 것이다.

"하지만 성능은 현저히 떨어진다는 분석으로 오히려 바톤 윙과 비슷한 정도의 성능이라고 합니다. 레퀴엠의 비행 기동 능력, 랩터2 윙의 비행 기동 능력, 그리고 적들의 비행 기동 능력을 분석한 결과입니다. 그리고 이것은 소문입니다만, 지난번 셸 산맥의 대지진 때 그곳에서 공화국이 무언가를 발견한 듯합니다. 국방부의 정보원들이 지진이 일어난 산맥에 대한 출입이 통제되고 있다는 이야기를 사냥꾼으로부터 들었다는 보고가 있습니다."

사람들의 얼굴이 심각하게 변했다. 확실한 것이 아니라 이 안이 구체적으로 말하지 않았지만 그것이 무엇인지는 다들 짐작한 때문이다.

지진과 출입 통제.

지금까지 그런 일이 몇 번 있었다. 공화국이 아닌 다른 왕국이나 제국에서 말이다. 그런 경우는 보통 숨겨진 던전의 발견이었다.

지진으로 인한 지층의 변화로 던전의 입구나, 또는 다른 부분이 드러나게 되는 경우가 드물지만 있어왔다. 그런 일이 일어나면 해당 왕국에서는 철저히 출입을 통제하며 보안을 유지했다.

벨런시아 공화국도 아마 같은 경우이리라.

"흐음… 그곳에서 얻은 성과가 이카루스가 전부이길 바라야 하는 것인가……."

엠피엘 국왕이 낮게 중얼거렸다.

낮은 중얼거림이었지만 들을 사람들은 들었다. 그들의 얼굴에 진한 걱정이 어렸다.

"왕도 주변의 마나 캐논의 설치는 순조롭습니다. 포각을

조정하여 공중으로 접근하는 적에게도 포격이 가능하도록 제
작 중입니다."

이안은 빠르게 다음 안건을 이야기했다. 회의장이 이런 분
위기로 있어봐야 좋을 것이 없다는 판단에서다. 다행히 다음
안건이 그나마 기분 좋게 해주는 소식이었기에 사람들의 얼
굴이 조금 펴졌다.

전장은 너무나 조용했다. 매일매일이 훈련으로 채워진 일
상이다. 전쟁이 끝난 것은 아닌가, 이곳이 과연 적국의 영토
인가 하는 생각이 머릿속에 떠오를 정도였다.

이슈인은 그런 틈을 타 개인 훈련을 위해 나섰다. 물론 사
단장의 허가를 받았다.

이슈인이 향한 곳은 록힐 광산을 공략할 때 중간 보급을 했
던 XA-11 지점이었다. 산봉우리 정상에 넓게 펼쳐진 평지는
혼자서 훈련을 하기에 안성맞춤이었다.

레퀴엠은 주홍빛 날개를 활짝 펼치고 시원스레 날았다. 훈
련을 위한 장소에 도착하는 것은 금세였다. 넓은 공터에 도착
하자 이슈인은 콕피트를 열고 내렸다.

─레퀴엠으로 기동 연습을 하려고 이곳에 온 것이 아니었
나?

아스카론이 의아하다는 듯 물었다.

"아아, 물론 기동 연습도 해야지. 하지만 그전에 먼저 할

것이 있어."

그것은 바로 이슈인 스스로의 수련이었다. 최근 기간테스의 기동 연습과 비행 연습에 치중하느라 개인 수련을 거의 하지 못했다. 무엇보다 지금처럼 홀로 이렇게 조용히 있을 시간이 없었던 것이 가장 큰 이유였다. 이슈인의 검법과 보법 등은 다른 사람들의 눈이 있는 곳에서 수련할 만한 것이 아니었다.

아스카론을 곧추세운 이슈인은 천천히 호흡을 가다듬었다.

지난번에 최고치의 싱크로율을 경신한 이후 이렇다 할 발전이 없었다. 이슈인은 그것 역시 검법 수련으로 돌파하려 마음먹었다.

그레이트 서클, 인피니트 소드, 일루전 문, 라이트닝 윈드.

바인트가 가르쳐 준 것들은 하나같이 대단했다. 그리고 이슈인은 아직 알 수 없는 엄청난 것이 깃들어 있는 것만 같았다.

이슈인은 천천히 바인트에게서 배운 것들을 펼쳤다. 느릿느릿 움직였다. 아스카론이 이슈인이 자신을 들고 춤을 추는 것은 아닌가 하고 생각할 정도의 속도였다.

그러나 이슈인은 진지하기 이를 데 없었다.

한없이 느리게 펼쳤다.

아크가 해준 조언이 떠오른 때문이다.

"꼭 빠른 것만이 능사는 아니야. 빠른 것이 위력적일 것 같지만, 느린 것에는 빠른 것으로 볼 수 없는 것들이 있지."

그때 이슈인은 그저 흘려들었다. 알 수 없는 말이었기 때문이다. 그런데 왠지 그 말에 어떤 실마리가 있을 것만 같았다.

그래서 가능한 느리게 검법을 펼치고 있었다.

그렇게 첫 번째 수법부터 다섯 번째 수법까지 펼쳤다. 여섯 번째 수법이자, 마지막 수법인 인피니트 블레이드는 아직 어떻게 해야 하는 것인지 감도 잡히지 않고 있었다.

모르는 것은 어쩔 수 없는 것. 이슈인은 현재 자신이 할 수 있는 것들만 최선을 다해서 수련했다.

어느새 이슈인의 얼굴은 땀범벅이 되어 있었다. 인피니트 소드의 전 수법을 겨우 한 번 펼쳤을 뿐이다.

"후우… 어렵군."

이마의 땀을 닦아내며 이슈인이 중얼거렸다.

─이것이 대체 무슨 의미가 있는지 모르겠다.

아스카론이 도무지 납득할 수 없다는 듯 말했다.

"나도 잘은 몰라. 하지만 분명 의미는 있어. 지금까지 보지 못했던 것들이 보이기 시작했으니까."

이슈인이 싱긋 웃으며 말했다.

느리게 펼친다는 것은 생각만큼 만만한 것이 아니었다. 아니, 엄청나게 어려웠다. 힘도 더 많이 들었다. 벌써 검을 든 오른팔이 가늘게 떨려왔다.

느릿느릿한 만큼 검로를 유지하는 것이 어려웠고, 그리고 자신의 검로가 잘 보였다. 그리고 몇 가지 잘못된 부분도 찾을 수 있었다. 지금까지 이슈인은 올바르게 검을 움직인다고 생각했으나 미세하게 틀린 부분이 있었던 것이다.

이 모든 것이 느리게 움직였기에 알 수 있었던 것이다.

"어디, 이번에는 더 느리게 움직여 볼까?"

그렇게 이슈인은 느림의 수련에 빠져들기 시작했다. 점점 자신을 잊어가고 있었다.

오직 검법에 빠져들었다. 느리게 느리게 느리게 펼칠수록 검법이 더욱 잘 보였다. 이슈인은 그 속에 빠져들어 허우적거리고 있었다.

이슈인이 정신을 차렸을 때는 어느새 하늘에 별이 총총히 빛나고 있을 때였다.

―난 너의 행동을 이해할 수 없다. 기동 연습 없이 이렇게 시간을 허비하다니. 마이스터가 될 생각이 있는 것인가? 이제 조금 남았다.

아스카론의 말에 이슈인은 싱긋 웃을 뿐 다른 말은 하지 않았다. 마이스터가 어떤 존재인지는 알 수 없었다. 하지만 지금까지 아스카론과 함께 지낸 결과 싱크로율이 거의 100%에 육박하는 사람이 아닐까 하고 추측해 본다.

이슈인은 알 수 없는 확신이 들었다, 이 수련이 분명 싱크로율을 한 단계 더 끌어올려 줄 것이라는 확신이.

그렇기에 그렇게 가볍게 웃을 수 있는 것이었다.

본대로 복귀한 이슈인은 또 한 번 사단장에게 깨졌다. 예정된 복귀 시간을 세 시간이나 넘겨 버렸기 때문이다.

그럼에도 이슈인은 계속해서 XA—11으로 가서 개인 수련을 했다. 일주일의 시간이 흐르는 동안 이슈인은 단 한 번도 레퀴엠의 기동 연습을 하지 않았다. 그저 느릿느릿 아스카론을 움직일 뿐이다.

이윽고 이제는 정지해 있는 것인지 움직이는 것인지 분간하기 어려울 정도로 느리게 인피니트 소드를 펼칠 수 있게 되었다.

"후우⋯⋯."

다섯 번째 수법까지 모두 펼친 이슈인이 깊은 호흡을 뱉었다. 이슈인의 눈빛이 깊게 가라앉아 있었다.

몸에서 풍기는 분위기도 바뀌어 있었다.

잔잔하고도 깊은 호수와도 같은 사람이 되어 있었다. 어느 새인지도 모르게 이슈인의 입가에 자연스러운 미소가 걸려 있었다. 그것은 성과를 얻었다는 만족의 미소였다.

이슈인은 그 즉시 그 자리에 가부좌를 틀고 앉았다. 그리고 천천히 바인트에게 배운 마나 호흡법을 시작했다. 몸 안의 마나는 그레이트 서클을 그리며 돌기 시작했다.

느렸다.

몸 안의 마나도 이슈인의 검처럼 한없이 느리게 움직였다. 이슈인은 너무나 편안한 얼굴로 그렇게 그레이트 서클에 따라 마나를 움직였다.

*   *   *

"크윽."

악다문 이 사이로 괴로운 신음이 새어 나왔다. 입술은 터져서 피가 흐르고 있었다. 하지만 두 눈만은 집념으로 무섭게 불타오르고 있었다.

제스터였다.

블러드는 어제 완성되었다.

그리고 처음으로 제스터가 기동했다.

첫 기동.

블러드를 만들어낸 공장의 일부가 사라졌다.

제스터가 블러드의 출력을 못 이겨 폭주한 때문이다.

5.0

정녕 공포스러운 출력이었다.

제스터라면 능히 운용을 할 수 있을 것이라 생각했지만 그것은 오산이었다. 제스터도 제대로 다루지 못했다.

24시간.

블러드가 완성되고 지난 시간이다.

또, 제스터가 블러드에 탑승해 있는 시간이기도 했다.

제스터는 블러드의 출력을 이기지 못함에도 끈질기게 탑승해 있었다. 그리고 어떻게든 마음대로 움직이기 위해 노력했다. 탈진해서 정신을 잃어도 블러드의 콕피트에서 나오지 않았다.

그런 집념 어린 노력 덕에 이제 걷고 뛰는 것 정도는 제스터의 의지대로 할 수 있었다. 하지만 전투까지는 아직 멀었다.

제스터는 기필코 블러드를 자신의 수족으로 만들겠다는 각오를 다지며 운용에 최선을 다했다. 어느새 그의 코에서도 피가 흐르고 있었다.

마나 코어라는 녀석은 엄청나도 너무 엄청났다. 아무리 수정구를 통해 마나를 밀어넣어 제어하려고 해도 좀처럼 말을 들어먹지를 않았다.

결국 제스터는 마나 탈진으로 기절했다.

연구원들의 손에 실려 콕피트 밖으로 나온 그의 몰골은 처참했다.

"후우… 큰일이군요."

엥겔스는 자신의 예측이 빗나가자 답답하다는 듯 말했다. 박스터의 얼굴에도 답답함은 있었다. 하지만 그는 여유를 잃지 않고 있었다.

"어차피 메틀라인도 지금은 함부로 움직이지 못해. 지금쯤 우리가 던전을 발굴했다는 정보도 입수했겠지. 그 정보가 메틀라인의 발을 묶어둘 거야. 록힐 광산에서 마나석을 충분히 채굴한다 하더라도 우리가 어떤 카드를 들었는지 모르면 신중해질 수밖에 없는 법이지."

박스터는 무심히 말을 이었다.

"결국 우리와 메틀라인은 지금 서로 눈치만 보고 있어. 상황이 만들어낸 휴전과도 같은 형국이지. 하지만 이런 대치 상황도, 제스터 장군이 블러드를 굴복시키는 순간 끝이야. 과연 위력은 엄청나군. 저 정도면 가히 전략 병기야."

박스터는 그 말을 끝으로 자신의 집무실로 향했다. 엥겔스는 허리를 숙여 박스터를 배웅했다. 그리곤 곧 연구원들과 함께 블러드를 향해 달려갔다.

제스터가 기록한 운용 데이터를 분석하기 위함이었다.

방으로 돌아온 박스터는 물끄러미 탁자 위를 쳐다보았다. 그곳에는 체스판이 펼쳐져 있었다. 곳곳에 위치한 말들은 이미 체스가 제법 진행되었음을 알려주었다.

"내가 나서지는 않으려고 했는데……."

박스터가 낮게 중얼거리며 검정색 나이트를 움직였다. 그리고 또 한참을 체스판을 바라보았다.

"어쩔 수 없지. 어차피 공화국 혁명 역시 나, 박스터의 손으로 이루었으니까. 나의 지혜를 조금 사용한다 하여서 유희의 위반은 아니야."

박스터는 이번에는 하얀색 룩을 움직였다.

하나의 체스판을 놓고 박스터는 두 사람이 되어 지혜를 겨루고 있었다. 그리고 머리의 또 다른 한 구석에는 블러드의 완성 이후에 대한 그림이 그려지고 있었다.

블러드 정도의 위력이라면 아마 작전이라는 것은 필요가 없을 것이다. 하지만 블러드가 쓸고 지나간다고 전쟁이 끝나는 것이 아니다. 그 뒤를 효율적으로 정리해야 했다.

박스터는 체스의 말을 움직이며 그 방법을 구상하고 있었다.

제스터가 비틀거리면서 블러드를 향해 걸어갔다. 신관의 치료 마법으로 정신을 차리자마자 바로 가는 것이다. 연구원들은 이제 막 저장된 데이터의 절반을 분석했을 뿐이다.

제스터는 활활 타오르는 눈으로 블러드를 노려보고는 콕피트로 향했다.

그 앞을 엥겔스가 막았다.

"잠깐, 멈추게나, 제스터 장군."

"비키십시오. 아직 더 할 수 있습니다."

"아아, 충분히 알고 있네, 장군이 계속할 수 있다는 건. 하지만 우리 연구원들이 할 일도 있지 않은가. 저들은 이제 겨우 자료의 절반을 확보했어. 저 작업이 끝날 때까지만이라도 좀 기다려 주게."

블러드를 한참을 노려본 제스터는 엥겔스의 말에 어쩔 수 없다는 듯 몸을 돌렸다. 그 모습을 본 제스터의 부관이 부리나케 달려와 포션병을 내밀었다. 신관의 치료 마법을 받았다고는 하나, 내부는 여전히 엉망일 것이다.

제스터는 거부하지 않고, 단숨에 포션을 비운 후 근처의 의자에 앉았다. 팔짱을 긴 채도 두 눈을 감았다. 조금 전 블러드의 운용을 머릿속으로 복기하는 것이다.

꾹 다문 입술에서 그의 엄청난 집념이 느껴졌다.

연구원들은 작업을 서둘렀다. 가만히 앉아 있는 제스터의 몸에서 풍겨 나오는 집념이 그들을 그렇게 재촉한 때문이다.

덕분에 작업은 생각보다 빨리 끝이 났고, 제스터는 바로 콕피트에 올랐다. 그리고 이전 과정의 반복이 이어졌다. 제스터는 여전히 블러드를 제 마음대로 움직이지 못했다.

"크윽. 이놈, 내가 반드시 이긴다. 그래서 꼭 네 녀석의 어깨에 나의 문장을 새겨넣고 만다."

그랬다.

블러드의 어깨 외장갑은 깨끗했다.

제스터의 상징인 붉은 늑대의 문장이 없었다. 처음 블러드가 완성되었을 때는 있었다. 이 기체는 당연히 제스터가 탈 것이기에 제작 과정에서 만들어 넣었다.

하지만 제스터가 처음 블러드를 운용하고 제어하지 못했을 때, 스스로 문장을 없애 버렸다. 제어하지 못하는 기간테스는 자신의 기체가 아니라면서 시뻘겋게 분노한 얼굴로 직접 외장갑의 문장을 지웠다.

그때의 그 매서운 기세는 아직도 연구원들 뇌리에 깊숙이 박혀 있었다.

혁명의 기사, 제스터. 과연 그는 그였다.

"엥겔스 재상님, 각하께서 찾으십니다."

그런 제스터의 모습을 묵묵히 지켜보던 엥겔스는 통령궁 기사의 말에 서둘러 통령궁으로 향했다.

이곳에서 블러드의 기동 연습을 지켜보다가 간 것이 불과 얼마 전인데 다시 자신을 찾다니, 그 이유가 의아했지만 서둘러야 했다. 요즘 공화국 내의 분위기가 좋지 않았다. 쉽게 생각했던 전쟁이 지지부진한 것 때문이다.

그나마 왕정복고를 주장하는 레지스탕스 대부분을 소탕한 것이 다행이라고 할까. 그렇지 않았다면 분명 그들이 들고일어났을 것이다. 그만큼 분위기가 좋지 않았다.

서둘러 간 것 덕분에 엥겔스의 얼굴에 땀이 송골송골 맺혔다.

평소와 다르게 박스터는 소파에 앉아 있었다. 늘 앉아 있던 그의 집무용 책상에는 서류만 잔뜩 쌓여 있을 뿐이다.

엥겔스의 눈에 박스터 앞에 놓인 체스판이 들어왔다. 흰색과 검은색의 말들이 팽팽하게 대치하고 있었다.

"앉지."

박스터의 권유에 엥겔스는 맞은편에 앉았다.

"아무리 고민을 해도, 상황이 좋지가 않아. 나쁘지도 않지만. 하지만 이렇게 질질 끌어서야 국민들이 보기에 좋지 않겠지."

엥겔스는 묵묵히 박스터의 말을 들었다. 자신이 참모였지만 간혹, 박스터는 놀라운 전략과 전술을 제시하기도 했다. 공화국 혁명 때 곁을 지키면서 몇 번을 놀랐던가.

지금도 아마 그때와 같을 것이다. 엥겔스 자신이 아무런 계책을 내지 못하자, 박스터가 직접 나선 것이리라.

"어떻게든 타개책을 찾아야 하는데, 이렇게 판을 들여다봐도 도무지 방법이 없어. 적의 나이트가 너무 강력해."

레퀴엠을 뜻하는 말일 것이다.

"우리 쪽은 아직 나이트가 없어. 그리고 적은 섣불리 우리 쪽으로 밀고 들어오지 못하지. 우리가 무언가를 가졌을 것이라 생각하고, 그것을 경계하는 것이지."

두 개의 말을 들었다 놓은 박스터는 다른 쪽으로 시선을 돌렸다.

"지금 이 상황을 어떻게 반전을 시킬 것인가만 생각을 했더니 더욱 답답해지기만 할 뿐이더군."

엥겔스는 자신도 모르게 고개를 끄덕였다. 그 역시 마찬가지였기 때문이다.

"그래서 한 번 생각을 바꿔봤네. 우리와 메틀라인이 이렇게 치고받고 싸울 수 있는 이유를 말이지. 우리가 서로에게 집중할 수 있는 이유."

엥겔스는 박스터의 말에 집중했다.

"그건 바로 여기에 있더군. 원글로스 왕국."

박스터는 체스판 밖의 탁자 위를 손가락으로 집었다. 아무것도 없는 판 밖.

아니었다. 아무것도 없는 것이 아니었다.

엥겔스는 박스터의 손가락 끝을 잘 보고서야 그 사실을 알아차렸다. 체스판이 탁자 위에 그냥 놓인 것이 아니었다. 정사각형의 체스판 네 꼭지점 아래에 각각 작은 블록이 있었고, 체스판은 그 블록 위에 놓여서 바닥에서 살짝 떠 있었다.

"이게 바로 원글로스 왕국이야. 정확히는 원글로스 왕국의 내전이지. 덕분에 우리나, 메틀라인이나 다른 국경은 신경 안 쓰고 서로에게 집중할 수 있는 거야."

맞는 말이다.

그 때문에 일부러 원글로스 왕국의 귀족파를 지원하고 충동질하여 내전을 일으킨 것이 아니던가. 메틀라인으로 가는 길을 확보함과 동시에 후방의 안전을 위한 것이었다.

"그런데 이것을 이렇게 쳐내면 어떨까?"

박스터의 손가락이 블록 두 개를 쳐냈다. 그 즉시, 체스판은 한쪽으로 쏠리며 판 위의 말들이 우르르 쏟아졌다.

"이렇게 되는 거지. 단지, 메틀라인만 이렇게 쓰러져야겠지만 말이야."

박스터가 가는 미소를 지었다.

"현재, 원글로스의 상황은 어떻지?"

"네. 60대 40 정도로 귀족파가 우세합니다."

엥겔스의 대답에 박스터는 고개를 끄덕였다. 원글로스는 메틀라인과는 상황이 달랐다. 귀족들의 힘이 워낙에 강력했고, 그 때문에 그 힘을 국왕이 누르려 하다가 갈등의 불씨가 생긴 것이다. 박스터는 그 불씨에 기름을 부었을 뿐이다.

"역시 원글로스는 귀족들의 힘이 강해. 기간테스는 보통은 국가에서 직접 관리하는 편인데도, 귀족들의 군대가 중앙군을 압도한다니 말이야. 이곳에 기름을 조금 더 부어주면, 체스판은 메틀라인을 향해서 쓰러질 거야."

박스터는 이미 다음 수의 준비를 마친 채 미소를 지었다.

"현재 브루트의 생산 정도는?"

"네. 총 35기가 완성되었습니다. 지난번 록힐 광산 습격 때 모든 브루트를 잃은 것이 손실이 컸습니다."

"자이안의 생산은 중단하고 브루트의 생산에 전력을 다하고 있나?"

"그렇습니다."

엥겔스의 대답에 박스터는 고개를 끄덕였다.

"자이안은 몇 기나 남았지?"

"아직 120기 정도 남아 있습니다."

"데세랄은?"

"120기 정도 남았습니다."

"그럼 우리가 보유한 기간테스는 모두 275기인가… 손실이 컸어. 그렇게 생산을 했는데도 겨우 그것만 남아 있다니."

전쟁이 시작됐을 무렵 벨런시아 공화국의 기간테스 보유 기체 수는 모두 450기로 오히려 메틀라인보다 앞섰다. 하지만 지금은 서로 비슷한 정도다. 레퀴엠의 등장 이후 거의 일방적으로 당한 것 때문이었다.

"뭐, 상관은 없겠지. 이제 전쟁의 양상은 기간테스의 숫자가 아니라 전략 병기 정도의 위력을 지닌 기간테스의 보유 여부로 바뀌었으니까."

박스터의 말대로였다. 레퀴엠은 모든 기간테스를 압도했다. 레퀴엠 앞에서는 기간테스의 숫자가 큰 의미가 없었다. 그래서 지금 공화국에서는 어떻게든 블러드를 실전 배치시키려고 하고 있는 것이다.

"제스터가 블러드를 운용하려면 앞으로 얼마나 더 있어야 할까?"

"적어도 한 달은 필요할 것 같습니다."

지금까지의 상황을 분석했을 때 아무리 빨라도 한 달은 걸릴 것 같았다. 그것도 제스터의 집념을 고려한 수치였다. 사실 엥겔스의 개인적인 생각으로는 두 달도 될까 말까였다.

"그렇다면 판을 깨야지. 원글로스 왕국의 귀족들과 협상을 하게, 우리가 도와준다고. 대신 승리한 후에 전쟁 전 원글로스가 메틀라인과 맺은 불가침 조약을 파기할 것을 요구해. 어차피 전 국왕이 맺은 조약이니 귀족파에서 파기한다고 해도 문제될 것이 없으니까. 그리고 메틀라인의 국경을 압박해 달라고 하고."

만일 박스터가 바라는 대로 다 된다면 메틀라인 왕국으로서는 상당히 상황이 난감해진다. 공화국뿐만 아니라 원글로스에도 신경을 써야 하기 때문이다.

불가침 조약의 파기란 말은 곧, 언제든 침략할 준비가 되어 있다는 뜻이었으니까.

하지만 원글로스의 현실상 박스터의 요구는 받아들여지기 어려웠다. 내전이 끝나자마자 타국과의 전쟁이라니, 정상적인 사람이라면 절대 받아들이지 않을 조건이었다.

"가능하겠습니까?"

엥겔스 역시 그런 생각이었기에 반문했다.

"자네, 귀족을 그렇게 겪어보고도 모르나? 귀족이 과연 정상적인 판단이 가능한 사람들이라고 생각하는가? 그들은 자신들의 이익을 위해서라면 다른 것은 아무것도 생각하지 않는 아주 단순한 족속들이야. 내일 일도 생각하지 않지. 특히나 원글로스의 귀족들은 더더욱 그런 족속들이야. 그러니 우리의 충돌질에 내전을 일으킨 것 아닌가."

박스터의 말에 엥겔스는 고개를 끄덕였다. 평민 마법사로서 귀족들에게 당했던 수많은 일들이 기억났다. 박스터의 말이 옳았다. 하지만 귀족들을 그렇게 만드려면 먼저 한 가지 문제가 해결되어야 한다.

"그들이 자신들에게 분명한 이익이다라고 생각할 만큼 도움을 주어야 할 텐데요."

그렇다.

귀족들은 일단 이익이 있으면 그것을 위해 한없이 단순해지는 족속들이지만, 과연 확실히 이익이 될 것인가를 분석하는 데 있어서는 또한 한없이 치밀해지는 족속들이었다.

"브루트 5기와 라이더, 자이안 30기, 데세랄 60기를 보내준다고 해."

"네에?"

박스터의 말에 엥겔스는 깜짝 놀랐다. 그게 대체 무슨 말이란 말인가.

그 정도면 현재 공화국 전력의 3할이 넘는 전력이다. 한창 메틀라인과 전쟁을 하는 와중에 그런 전력을 타국에 넘긴다니, 이건 전쟁에서 지겠다는 소리였다.

"뭘 그리 놀라나?"

"하지만, 그러면 전력의 누수가 너무 큽니다."

"그만큼 원글로스의 귀족들이 미친 듯이 달려들겠지."

그 말은 옳았다. 하지만 지금 공화국이 전쟁을 하는 곳은 메틀라인이었다.

"그 정도 규모의 지원이라면 메틀라인에서도 눈치챌 것입니다."

"상관없어. 눈치를 채도 아무것도 할 수 없으니까."

"네?"

박스터의 말에 엥겔스가 도무지 이해할 수 없다는 얼굴로 되물었다.

"내가 아까 한 말을 잊었는가?"

"아!"

그 한마디에 엥겔스는 단번에 박스터의 의도를 이해했다. 과연 박스터의 참모다운 머리였다.

"자네 밑에 있는 녀석을 이용하면 메틀라인은 더더욱 움직이지 못해. 똑똑한 사람일수록 정보의 뒷면을 보려고 하고, 문장의 행간을 보려고 하지. 있는 그대로 보면 뻔한 것인데, 너무 복잡하게 생각해서 오히려 그 뻔한 것을 보지 못할 수 있는 법이지."

메틀라인의 이안이라는 녀석은 아주 뛰어났다. 그래서 오히려 이번에는 속이기 쉬웠다.

지금 벨런시아 공화국에 필요한 것은 오직 시간이었다. 제스터가 블러드를 자유자재로 움직일 수 있게 될 때까지의 시간.

"그러면 감시를 풀까요?"

"물론 그래야 메틀라인에 브루트에 대한 정보를 넘기지 않겠는가."

박스터와 엥겔스는 이미 메틀라인, 정확히는 바첼러 백작가에서 심어놓은 첩자의 정체를 간파하고 있었다. 몇몇이 의심스러웠는데 그중 한 명을 찍어낼 수 있었던 것은 지난번 록힐 광산 습격 때였다.

워낙 중요하고도 급박한 정보였는지라, 첩자가 무리를 했다. 그 덕에 확신할 수 있었다.

그도 상부에서 자신을 의심하고 있다는 것을 눈치챘을 것이다. 록힐 광산 습격 전부터도 그의 움직임이 무척이나 조심스러웠으니 말이다.

이때, 감시를 풀면 그가 취할 행동은 둘 중 하나다.

의심에서 벗어났다 생각하는 것과 이상하다는 생각에 더욱 몸을 사리는 것.

그라면 전자라고 판단할 것이다.

그는 어쨌든, 기간테스 생산과 개발 부문에서 3인자의 위치에 있었으니까. 그래서 현재 그는 브루트의 생산을 총책임지고 있었다. 엥겔스는 블러드에 전력을 다하고 있었다.

현재 그와 블러드 생산 공정에 참여한 연구원들 사이는 완벽하게 단절되어 있다. 아니, 정확히는 블러드 생산 공정에 참여한 연구원들을 완벽하게 외부와 격리시켰다는 것이 옳았다. 덕분에 그들 외에는 누구도 마나 코어와 블러드의 진실한 위력을 올랐다.

블러드는 처음 설계 때는 출력 3.0 내외의 디스토션의 후속 기체 정도였으니 말이다.

"정보를 마구 넘기겠지. 그러면 이안이라는 애송이는 의심할 거야. 우리가 과연 던전에서 무엇을 얻었는지 말이야. 그리고 그것을 알아내기 위해 고심하겠지. 다른 방면으로 우리를 두드려 보든지 말이야. 원글로스에도 신경을 써야 할 테고. 그러면 움직임이 조심스러워질 것이고, 원글로스에 개입도 제대로 하지 못해. 결국 원글로스가 귀족파의 손에 넘어가면, 양쪽을 경계해야 하고, 우리는 블러드와 제스터가 완벽해진 후 반격을 하면 되는 일이야."

"그렇습니다."

엥겔스가 마주 웃으며 고개를 끄덕였다.

"그럼 알아서 조치하도록."

"네."

엥겔스는 밝은 얼굴로 자리에서 일어났다. 이제 뿌옇던 앞길이 너무나 잘 보였다. 그 끝에는 공화국의 승리가 찬란히 빛나고 있었다.

CHAPTER 8
마이스터 이슈인

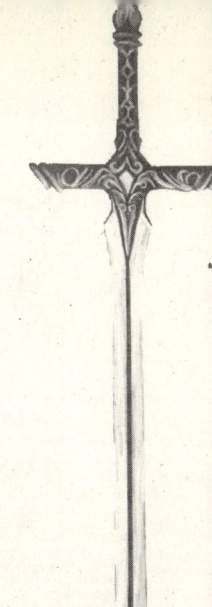

　과연 지금이 전쟁 중일까?

　검을 움직이던 이슈인은 문득 그런 생각이 들었다. 벌써 수
련을 시작한 지 한 달이 다 되어가고 있었다. 그런데 공화국
측에서 아무런 움직임이 없었다. 그 흔한 정찰조차 제대로 없
었다. 덕분에 지금 메틀라인 군은 긴장이 완전히 풀어져 있는
상태다.

　오늘도 변함 없이 XA—11에서 수련을 하고 있지만 본진을
떠날 때의 분위기는 처음 이곳에 왔을 때와는 전혀 달랐다.
잘 벼려진 검과 같은 기세는 이제는 이 빠진 부엌칼처럼 변해
있었다. 이슈인의 변화와는 정반대의 변화였다.

그사이 이슈인의 눈빛은 더욱 깊어져 있었다.

이제는 완숙의 경지에 이르러 있었다.

이슈인이 느림의 수련을 하는 것은 하루 한 번이었다. 그리고는 가부좌를 틀고 마나 호흡법을 수련하면서 명상에 잠겼다.

인피니트 소드의 마지막 수법, 인피니트 블레이드를 익히기 위한 명상이었다.

어떤 실마리가 잡힐 듯 잡힐 듯 잡히지 않았다. 하지만 이슈인은 조급해하지 않았다. 느림의 수련을 하면서 얻게 된 마음의 여유였다.

오늘도 다섯 번째 수법인 샤이닝 블레이드까지 모두 펼치고 검법 수련을 끝냈다. 이제 마나 호흡법과 명상을 할 차례다. 그러던 차에 이슈인은 레퀴엠을 올려다보았다. 혹시나 하는 마음에 소환 해제하지 않고 그대로 둔 상태로 늘 수련을 했었다.

"오랜만에 한번 타볼까?"

문득 그런 생각이 들었다. 그동안 레퀴엠의 기동 연습을 전혀 하지 않았다는 것을 깨달은 것이다.

─탁월한 생각이다.

즉각 아스카론의 반응이 왔다.

그러고 보니 검법 수련의 시작 이유는 레퀴엠과의 싱크로율을 높이는 실마리를 찾기 위한 것이었다. 그러다가 검법 그 자체에 빠져드는 바람에 원래의 목적을 잠시 잊은 꼴이다.

"그래, 한번은 시험해 봐야지."

이슈인은 몸을 날려 콕피트에 올랐다.

기잉.

해치가 닫히자, 이슈인은 아스카론을 소울 슬롯에 꽂았다. 스코프를 통해 외부를 보여주는 사방의 파노라마 창이 즉각 바깥 풍경을 보여준다. 눈으로 인식하는 것과 다를 바가 없는 풍경이다.

상태창도 빛이 나며 몇 가지 문자가 떠올랐다. 가만히 서서 마나 엔진 기동에 들어간 것뿐이라, 기본적인 내용이 전부였다.

"후우……."

깊은숨을 내쉰 이슈인은 마나 제어구에 손을 올렸다. 정신을 집중하고 마나를 흘려보냈다. 흘려보낸 마나는 그레이트 서클을 그리며 레퀴엠의 마나 회로를 따라 움직였다.

'어디…….'

이슈인은 자신이 했던 느림의 수련대로, 레퀴엠의 마나 회로를 흐르는 마나를 조정했다. 마나가 한없이 느리게 흐르기 시작했다.

레퀴엠의 두 눈이 점점 더 환한 빛을 뿌리기 시작했다. 가슴의 황금빛도, 몸체 곳곳의 황금빛도 점점 더 환해졌다. 가히 눈뜨고 볼 수 없을 정도였다.

지난번, 최고 싱크로율을 기록했을 때와 같은 현상이 일어나고 있었다.

이마에 박힌 화이트 골드의 빛은 더 밝아질 수 없을 정도였다. 흡사 하늘에 떠 있는 태양과도 같았다.

—현재 싱크로율 92%다. 놀랍군. 지난번의 91.02%를 이렇게 쉽게 뛰어넘다니.

이슈인은 아스카론의 목소리가 떨린다고 느꼈다. 하지만 그럴 리 없었기에 그저 머리를 살짝 갸웃거렸을 뿐이다.

91.02%. 그것은 지난번에 제스터가 록힐 광산을 습격해 왔을 때의 싱크로율이었다.

"좋아. 그럼 어디."

이슈인은 인피니트 소드를 펼치려 하였다.

살짝 뻗은 레퀴엠의 손에 검이 소환되어 들렸다. 이슈인은 천천히 인피니트 소드를 펼쳤다.

어려웠다.

자신이 직접 펼치는 것과 레퀴엠으로 펼치는 것은 달랐다. 후자가 훨씬 어려웠다. 금세 이슈인의 얼굴은 땀범벅이 되었다.

"이거, 싱크로율이 100% 아니면 안 될지도 모르겠는데……."

싱크로율 100%.

그것은 기간테스나 자신의 신체나 완전히 동일하게 되어

자신이 기간테스인지, 기간테스가 자신인지조차 구분하지 못할 정도의 수준이었다. 그저 그럴 것이라 상상만 하는 환상의 경지, 그것이 100%의 싱크로율이다.

땀을 뻘뻘 흘리며 그럭저럭 느리게 한 번 펼쳤다.

—92.9%다.

짤막한 아스카론의 말이 들렸다. 이슈인은 이번에는 확실히 느낄 수 있었다.

아스카론이 목소리를 떨고 있었다.

세상에!

검의 영혼인 아스카론이 목소리를 떨다니. 무언가 있었다. 늘 무뚝뚝했던 아스카론이 아니던가. 그런 아스카론이 목소리를 떨다니 상상도 못할 일이다.

'혹시?'

이슈인의 머릿속에 설마 하는 생각이 스치고 지나갔다. 그러나 곧 머리를 흔들어 잡념을 털어내고는 다시 한 번 인피니트 소드를 펼치기 시작했다.

이슈인은 점차 인피니트 소드에 빠져들었다.

정지한 듯 움직이는 검.

검끝에서 뿜어져 나오는 어마어마한 기세.

레퀴엠의 거체에서 뿜어져 나오는 그 기세는 주변의 모든 것을 압도했다. 흡사 레퀴엠이 소드 마스터가 되어서 검을 휘두르는 듯한 모습이다.

이슈인은 그런 것을 전혀 몰랐다. 그저 자신이 검을 펼치듯 두 눈을 감고 무아지경에 빠져들고 있었다.

레퀴엠의 몸체에서 변화가 생기기 시작했다.

더없이 환할 수 없을 것만 같은 빛들이 순간 엄청난 폭발을 일으켰다, 하늘에 홀로 고고히 떠 있는 태양을 압도할 만한 밝음.

그렇게 일순간 빛의 폭발이 일어났다.

찰나였다.

그것은 그야말로 광휘(光輝)였다.

레퀴엠의 광휘!

그 찰나 동안 제이드 대륙에는 두 개의 태양이 존재했었다.

하늘에서 찬란한 빛을 뿌리는 태양.

그리고 지상의 레퀴엠.

록힐 광산 지역을 지키고 있던 메틀라인의 병사들은 멀리서 갑자기 덮쳐 온 빛에 순간 시력을 잃었다. 순식간에 번쩍였다가 사라졌기에 그들이 시력을 회복하는 데는 많은 시간이 걸리지 않았다. 하지만 무슨 일인가 알아보느라 잠시간의 소요가 일었다.

그 찰나의 시간이 지나자, 레퀴엠의 몸체에서 모든 빛이 사라졌다.

조금 전의 빛의 폭발이 사실은 없었다는 듯, 거짓말처럼 레퀴엠의 몸체에서 빛이 사라졌다.

그리고 레퀴엠은 평범하게 그냥 그 자리에 서 있었다.

인피티느 소드는 이미 샤이닝 블레이드까지 모두 펼친 후였다.

이슈인은 눈을 감고 있었기에 대체 무슨 일이 일어났는지 전혀 모르고 있었다. 단지 검법을 모두 펼친 후 자신을 덮친 알 수 없는 해방감에 한껏 심취해 있었다.

—…….

아스카론은 무언가 할 말이 있는 듯했으나 아무 말도 하지 않았다. 이슈인의 상태를 알고 있다는 듯, 아니면 무언가 벅차게 끌어올라 차마 말을 꺼내지 못하는 듯.

어느 것이라도 상관은 없었다.

아스카론은 잠시 침묵을 지켰다.

이윽고 이슈인이 눈을 떴다.

한없이 깊던 눈빛이건만 지금은 지극히 평범한 보통 사람의 눈이었다. 물론 이슈인의 자신의 변화를 알아차리지도 느끼지도 못했다.

"엄청나군."

이슈인이 담담하게 중얼거렸다. 대체 자신에게 무슨 일이 벌어진 것일까? 알 수는 없지만 그야말로 엄청난 경험이었다.

"스승님은 알고 계실까?"

갑자기 바인트가 생각이 났다. 함께 보낸 시간은 불과 한

달 남짓에 불과하지만 그의 가르침은 참으로 컸다. 알 수 없는 경험을 하게 되자 스승의 조언이 절실했다.

바인트도 분명 자신과 같은 경험을 이미 겪었으리라. 알지 못하지만 이슈인은 왠지 그럴 것이라는 확신이 들었다.

여운을 즐기고 있는 이슈인의 귓가에 아스카론의 목소리가 들렸다.

—이슈인.

"응."

이슈인이 나직이 대답했다.

—너는 변화를 느낄 수 없는가?

"무슨?"

이슈인은 알 수 없다는 듯 되물었다.

—너를 살피고, 레퀴엠을 살펴라. 그러면 알 수 있을 것이다.

아스카론의 말에 이슈인은 담담히 시선을 돌렸다.

보였다.

그리고 달랐다.

마나의 흐름이 이전과 달라져 있었다. 두 눈에 똑똑히 보였다.

지극히 잔잔하고도 있는 듯 없는 듯한 마나의 흐름. 그레이트 서클을 넘어서 자신의 몸 곳곳으로 흐르는 마나. 레퀴엠의 몸 역시 곳곳으로 마나가 흐르고 있었다.

마지막 검무 이후 확실히 변화가 찾아왔다.

"뭐지? 이건?"

—축하한다.

아스카론의 목소리는 지극히 담담했다. 아까의 떨렸던 목소리가 아니다.

"응?"

—넌 싱크로율 95%를 넘어섰다. 마이스터의 길에 들어선 것이다. 나의 진정한 주인이여!

아스카론의 담담하지만 격동에 찬 말.

쿠쿵! 쾅!

그 말이 이슈인의 머리를 두드렸다.

이슈인은 가만히 고개를 들어 위를 올려다보았다. 무미건조한 콕피트의 천장이 눈에 들어왔다.

아스카론이 마이스터 타령을 할 때 무언가 굉장한 것인 줄 알았다. 굉장히 어렵고, 엄청난 일을 겪어야만 그 마이스터라는 것이 될 것만 같았다.

그래서 아스카론이 재촉을 해도 크게 신경 쓰지 않았다. 굉장히 어려운 일이기에, 천천히 시간을 가지고 차근차근 해야 한다고 생각했으니까.

그래서 크게 마음 쓰지 않았다.

아니, 그전에 겪은 일들이 많았고, 왕국의 사정이 급박했다. 그래서 잊고 있었다.

가끔씩 아스카론이 상기시켜 주더라도 그냥 한 귀로 흘렸다.

그것 말고도 이슈인이 신경 써야 할 일은 많았다.

그런데, 지금 아스카론이 말했다.

마이스터가 되었다고 말이다.

담담했다.

엄청나게 힘들고, 무지막지한 고생과 노력 끝에 되어 벅찬 감동을 느낄 것이라고 막연히 생각하고 상상했었다.

하지만 아무것도 없었다.

그저 자신의 수련에 열중했고, 무언가 성과를 얻었다. 그 성과의 여운을 음미하는데 아스카론이 그랬다.

마이스터가 되었다고.

예상치 못했기에 마음의 준비도 없었다.

그냥 어느 순간 덜컥 되어버렸다.

혼자서 상상해 보았던 그런 벅찬 감동은 없었다. 그냥 그랬다.

과연 마이스터가 된 것일까라는 생각도 들었다.

마나의 흐름이 바뀌었다는 것 외에는 어떤 변화도 느낄 수 없었으니까.

이슈인은 양손을 펼쳐 가만히 손바닥을 내려다보았다. 변함없는 자신의 손이다.

자신은 그대로 있는데, 갑자기 마이스터가 되어버렸다.

뭘까? 이것은.

그런 의문이 문득 들었다.

대체 마이스터라는 존재가 무엇이었기에 아스카론은 자신을 택했고, 자신에게 그리 다그쳤을까.

그런 건 아무래도 좋은 걸까?

이슈인은 콕피트의 의자에 몸을 묻었다. 장시간의 기동과 거친 기동에서 라이더의 몸을 보호하기 위해 의자는 안락하고도 편안하게 만들어져 있었다. 그 편안함에 잠시 몸을 묻어 머릿속을 정리했다.

갑자기 닥친 이 상황.

거기에 일단 적응해야 했다.

아스카론도 그런 것을 아는 것일까? 아무 말이 없었다.

얼마의 시간이 흘렀을까? 이슈인이 의자에서 몸을 일으켰다. 한 발 높은 경지에 발을 디뎠기 때문인지, 정리가 빨랐다.

이슈인은 마이스터라는 것에 의미를 두지 않기로 했다. 그저 자신은 자신일 뿐이다. 그저 한 발자국을 내딛었을 뿐이다. 자신은 가보지 못한 세계로 말이다.

그래도 의문은 해결해야 했다. 이슈인의 입술이 움직였다.

"아스카론, 마이스터라는 것이 대체 뭐지? 자세히 설명해 줬으면 해."

―지금의 사람들이 마도 시대라 부르는 고대에, 마법사들의 연구 결과 인간과 타이탄의 싱크로율의 한계는 90%였습

니다.

"응? 아스카론, 말투가 변했는데?"

설명을 듣던 중 이슈인은 아스카론의 변화에 말을 끊고 끼어들었다.

—이제, 그대는 나의 진정한 주인이십니다, 로드(Lord).

아스카론의 대답에 이슈인은 사이몬으로 지내던 시절 기억의 한 조각을 끄집어낼 수 있었다. 그것은 아스카론을 받아들일 때 그가 했던 말이었다.

"마이스터의 검인 나 아스카론은 마이스터의 자질을 가진 자, 사이몬과 영혼의 맹약을 맺어 그가 마이스터가 되는 순간 그를 주인으로 인정하여 진실한 힘을 드러내리라."

'그랬지. 지금까지의 나는 그저 맹약자였어. 마이스터가 되어야 주인으로 인정한다고 했으니. 이제야 주인이 되었다는 것인가? 그리고 진실한 힘을 드러내고?'

이슈인은 지난 기억에서 아스카론의 변화를 이해했다. 그리고 아스카론의 진실한 힘이 무엇일지 궁금하기도 했다. 하지만 그전에 자신의 물음에 대한 답을 듣는 것이 먼저였다.

"알았어."

이슈인의 대답에 아스카론은 설명을 계속했다.

—가끔 천부적인 자질을 가진 자가 있어서 90%의 벽을 깨

기도 했습니다. 91%나 92% 정도의 싱크로율을 기록하기도 했지요. 하지만 그것이 한계였습니다. 그래서 일부 타고난 천재를 제외한 인간의 한계 싱크로율은 90%로 받아들였습니다. 그런데 어느 순간 그 공식이 깨졌습니다. 95%의 싱크로율을 기록한 인간이 나타났습니다. 싱크로율이 95%를 넘어서자 타이탄의 성능이 비약적으로 상승했습니다. 같은 기체인데도 불구하고 겨우 5%의 싱크로율의 차이에 전혀 다른 타이탄이 되어버렸습니다. 마법사들은 그를 연구했습니다. 그리고 알아냈지요. 마나의 흐름을 볼 수 있는 타고난 재능을 가진 이들이 존재한다고요. 그리고 그런 이들은 타이탄과의 친화력이 보통 사람을 월등히 넘어섰습니다. 그랬기에 95%라는 싱크로율을 기록할 수 있었지요. 이후에도 그런 이들이 종종 등장했습니다. 그리고 그들을 마이스터라 부르기 시작했습니다.

이슈인은 고개를 끄덕였다.

'마나의 축복을 받은 존재라……'

이슈인은 바인트가 자신에게 했던 말을 떠올렸다.

그리고 의문도 풀렸다. 왜 아스카론이 자신을 택했는지, 왜 자신에게 마이스터의 자질이 있다고 했는지 말이다.

"그럼 마이스터 중에 100%의 싱크로율을 기록한 이도 있어?"

이슈인은 문득 든 의문을 물었다.

레퀴엠으로 인피니트 소드를 펼치면서 그런 생각을 했었다, 싱크로율이 100%가 되어야 제대로 된 인피니트 소드를 사용할 수 있을 것이라고. 과연 100%는 어떤 경지일까라는 의문을 느끼면서 말이다.

—없습니다. 기록에 의하면 98.26%가 역사상 최고의 싱크로율이었습니다, 로드.

이슈인은 아스카론의 대답에 고개를 끄덕였다.

그저 막연히 생각했던 100%의 싱크로율은 결코 쉽게 닿을 수 없는, 아니, 닿지 못하는 곳에 위치해 있었다.

문득 이슈인은 레퀴엠의 파노라마 사이트를 통해 보이는 풍경이 밤의 그것임을 깨달았다. 또다시 시간의 흐름을 잊은 것이다.

"에휴. 또 깨지겠군."

마이스터가 된 이 극적인 순간은 이슈인의 한숨으로 끝을 맺었다.

레퀴엠은 밤하늘에 주홍빛 날개, 이카루스를 펼치고 록힐 광산으로 복귀했다.

다음날 아침은 여전히 상쾌했다. 전날 밤에 사단장에게 불려가 혼나기는 했지만 그리 심하지는 않았다. 지속되는 전쟁 중의 고요에 사단장 역시 마음이 살짝 풀어진 것 같았다.

사단장은 지금의 고요가 폭풍 전야의 그것과는 다르다는 것을 본능적으로 느끼고 있었다. 그랬기에 그 역시 조금 느슨한 태도를 취한 것이다.

이슈인은 통신실로 향했다. 이슈인이 룩의 계급이기에 쓸 수 있는 통신실이다. 아침에 일어나면서 이레아의 당부가 떠올랐기 때문이다.

"마이스터가 되면 무슨 일이 있어도 연락해! 꼭!"

분명 아스카론이 가지고 있는 마도 시대의 지식 때문일 것이다. 사랑스러운 여동생의 당부였으니, 짬을 내서 연락을 해야 했다.

바첼러 백작가로의 통신 연결은 금세 이루어졌다. 잠시 기다리자, 통신 수정구에 이레아의 얼굴이 나타났다. 오랜만에 보니 무척이나 반가웠다.

'그러고 보니 그동안 아르시안에게 너무 연락을 안 했네.'

여동생을 보는 반가움이 아르시안을 떠오르게 했다. 자신의 연인에 대한 생각을 이제야 하다니. 너무 무심했다는 생각이 들었다.

그만큼 전쟁이 치열했었고, 또 깊숙이 인피니트 소드와 레퀴엠에 빠져든 것이리라.

"무슨 일이야? 바쁜데 왜 불러놓고 아무 말이 없어?"

이레아의 목소리가 상념에 빠져든 이슈인의 귀를 두들겼다.

"아!"

이레아의 모습을 보고 떠오른 아르시안의 생각에 너무 깊게 빠져 있었다.

"나, 마이스터래."

그냥 그렇다는 듯 대수롭지 않게 이슈인이 말했다.

[응. 그렇구나. 그런 걸로 바쁜데 이렇게 통신 연결한 거야?]

이슈인이 워낙 대수롭지 않게 말한 탓인지, 이레아 역시 대수롭지 않게 받아들이며 말했다. 그리고 바쁜 자신을 오라 가라 한 것에 대한 투덜거림을 이어갔다.

어느 순간, 그제야 이슈인의 말뜻을 깨달은 듯 이레아의 입이 닫혔다. 그리고 눈이 파르르 떨렸다.

[잠깐! 뭐라고? 뭐가 되었다고?]

이레아의 목소리가 급격히 커졌다. 수정구에 얼굴을 바짝 들이밀었는지 수정구의 구면이 이레아의 얼굴로 가득 차면서 우스운 모양으로 일그러졌다.

"마이스터."

[진짜야? 정말이지? 그 거짓말, 거짓말 아니지?]

흥분한 이레아가 계속해서 다그쳤다.

"진짜야."

이슈인은 시종일관 담담했다. 그 담담함이 이레아를 더욱 믿지 못하게 만드는지도 몰랐다.

[그럼 지금 거기서 뭐 하고 있는 거야? 당장 튀어 와!]

수정구에 대고 이레아가 빽 소리를 질렀다.

지금 오빠의 신분이 무엇인지는 완전히 망각한 듯했다.

"지금 여기 최전방이다."

이슈인이 차분히 말했다.

[상관없어. 얼른 와!]

이미 이레아의 귀에는 아무것도 들리지 않는 듯했다.

[휴가 있잖아! 휴가 써!]

전시 상황에 최전방에 나가 있는 군인에게 휴가를 쓰라니. 그게 대체 무슨 말인가.

아니, 전시 상황에 군인이 휴가를 쓸 수 있다고 생각을 하는가.

이슈인은 동생의 말에 낮은 한숨을 쉬었다.

"다시 연락할게."

이슈인은 그 말을 끝으로 통신을 끊었다.

그리곤 아르시안에게 마법 통신을 연결했다. 바첼러 백작가와는 달리 한참 걸렸다. 여러 가지 보안 확인 절차를 거쳐야 했기 때문이다.

한참을 기다리자 수정구에 아르시안의 얼굴이 떠올랐다.

이슈인이 싱긋 웃었다.

"오랜만이야."

[아, 아…….]

아르시안은 입만 벙긋거릴 뿐 아무 말도 하지 못했다. 그녀의 큰 눈망울에서 눈물이 또르르 흘러내릴 뿐이다.

그 눈물이 이슈인의 웃음을 쓴웃음으로 바꾸었다.

"미안해."

짧은 말. 그 말밖에 할 수가 없었다. 어떤 상황을 이야기하든 그것은 변명, 그 이상도 이하도 아니다. 그간 너무나도 무심했던 것은 절대적인 사실이었으니까.

[무사하셨군요. 다행이에요. 그거면 충분해요.]

아르시안은 이슈인이 건강히 잘 있다는 것에 안도하고 만족했는지 미소를 지었다.

눈물을 흘리며 미소 짓는 미녀.

그야말로 한 폭의 그림과도 같은 모습이었지만, 그 모습을 보는 이슈인은 가슴 한켠이 쩡했다. 이렇게 자신을 걱정하며 있는 아르시안에 대한 미안함 때문이다.

소식을 전하는 것이 무엇이 그리 어려웠을까.

"미안해."

이슈인은 했던 말을 다시 한 번 했다. 하지만 그 말에 담긴 진심은 조금 전의 것에 비할 바가 아니었다. 훨씬 크고 무거웠다.

[괜찮아요.]

아르시안은 눈물을 닦으며 더욱 환한 웃음을 머금었다. 그 모습을 보는 것만으로도 충분했다.

그렇게 바라보는 것만으로도 수백 마디의 말이 오갔다.

[부디 몸조심하세요.]

"웅."

아르시안의 말에 이슈인은 고개를 끄덕이며 대답했다. 어느새 이슈인은 환한 웃음을 머금고 있었다.

그렇게 조용한 가운데 제법 길었던 통신이 끝났다.

이슈인은 통신용 막사를 벗어나자마자 바로 레퀴엠을 소환했다. 전날의 그 감각을 다시 한 번 느끼기 위해서다. 레퀴엠은 순식간에 작은 점이 되어서 XA—11으로 날아갔다.

아스카론이 분명히 말했다. 이슈인 자신은 이제 마이스터라고 말이다. 하지만 이슈인은 아직 그것이 실감이 나지 않았다. 어제 느꼈던 그 감각도 정말 자신이 느낀 것인지, 어떤 것인지 확신할 수도 없었다.

마치 한편의 꿈같은 느낌이 들기도 했다.

그래서 통신이 끝나자마자 이곳으로 온 것이다. 어제의 그것을 확인하기 위해서 말이다.

레퀴엠은 천천히 검을 움직였다. 느리게 펼치는 인피니트 소드다. 이제는 이슈인 자신이 펼치는 것과 거의 차이가 없는 것 같았다.

미세한 부분에 있어서는 아직 완전치 못했기에 완벽하게

똑같다고 할 수 없었다. 하지만 이 정도면 충분히 만족할 만했다.

　―싱크로율 95.9%를 기록했습니다, 로드.

　아직 익숙해지지 않은 아스카론의 존대다. 이 존대를 들으면 분명 자신이 마이스터가 되었다는 것을 느낄 수 있었다. 그리고 방금 들린 95.9%의 싱크로율 역시 자신이 얼마나 발전했는지를 실감하게 해주었다.

　"좋아."

　이슈인은 작게 중얼거렸다. 그리고 레퀴엠의 검의 움직임이 바뀌었다. 검로는 그대로였는데, 검속이 조금씩 빨라지고 있었다.

　이제 느림의 수련을 끝내기로 마음먹은 것이다.

　원래는 자신이 직접 다시 본래의 속도로 인피니트 소드를 펼친 후 레퀴엠을 통해 펼치려고 했다. 그런데 95.9%라는 싱크로율을 들으니 그냥 이대로 펼쳐도 괜찮겠다는 생각이 들어 바로 실행에 옮긴 것이다.

　검의 움직임은 조금씩 빨라졌다. 마치 느림의 수련을 역순으로 다시 하고 있는 것 같았다.

　그렇게 몇 번 인피니트 소드를 반복해 펼쳤다.

　드디어, 본래 속도의 검을 펼친 차례다.

　달랐다.

　완전히 달랐다.

레퀴엠과 이슈인의 손끝에서 뿜어져 나오는 검은 과연 이전까지 이슈인이 펼치던 그 인피니트 소드가 맞나 싶을 정도로 달라져 있었다.

이슈인 스스로도 얼떨떨했다.

"이게, 인피니트 소드란 말야?"

이슈인은 믿을 수 없다는 듯 중얼거렸다.

느림의 수련을 시작하기 전까지 이슈인 스스로는 어느 정도 형을 완성했다고 생각했다. 바인트 스승님이 보여주던 검로를 거의 완벽하게 따라하고 있다고 생각했었다.

그런데 그것은 이슈인 자신만의 착각이었다.

느림의 수련을 마친 후 지금 다시 펼쳐 보고 확실히 깨달았다. 이슈인 자신은 아직도 인피니트 소드의 진정한 모습을 펼쳐 내지 못하고 있었다.

이슈인은 콕피트 해치를 열고 뛰어내렸다.

자신의 검이 달라졌다는 것을, 한 걸음 진보했다는 것을 깨달았기에 직접 펼쳐 보려는 것이다.

4.1%의 모자란 싱크로율은 이슈인이 자신의 검을 진실로 바라보는 것을 방해했다. 그랬기에 아스카론을 뽑아 들고 뛰어내린 것이다.

이슈인은 천천히 심호흡을 했다. 그러면서 호흡을 조절했다. 자신의 움직임과 검의 움직임과 호흡을 일치시키기 위해서다.

그리고 어느 순간,

아스카론이 움직이기 시작했다.

인피니트 소드가 이슈인의 손에서 펼쳐지기 시작했다.

그것은 또 다른 환상이었다.

하나의 벽을 넘어서, 한 걸음 진화한 인피니트 소드는 그야말로 예술과도 같은 검이었다.

이런 검이 적들을 그렇게 무참히 갈라 버린다는 사실이 믿기지 않을 정도로 아름다웠다. 이슈인은 자신의 검에 점점 빠져들어 갔다.

자신이 검을 움직이는 것인지, 검이 자신을 움직이는 것인지도 구별할 수 없었다.

이슈인은 잊었다.

자신도 잊었다.

레퀴엠도 잊었다.

아스카론도 잊었다.

종국에는 인피니트 소드도 잊었다.

그리고 다섯 번째 수법인 샤이닝 블레이드의 검로도 끝이 났다. 하지만 아스카론은 멈추지 않았다.

이슈인은 계속해서 검을 움직였다.

달랐다.

지금까지 이슈인이 수련하면서 펼쳤던 다섯 가지의 수법, 그 어느 것과도 검의 움직임이 달랐다.

번쩍!

일수유의 순간.

검이 번쩍였다.

그리고 시간이 멈췄다.

믿을 수 없는 기사(奇事)가 벌어졌다. 검광이 번쩍이는 순간 모든 것이 정지한 것이다. 아스카론도, 아스카론을 들고 있는 이슈인조차도 정지했다.

적막이 세상을 지배했다.

시간이 멈춘 세상에 존재하는 것은 오직 침묵.

그뿐이었다.

잠시 후 시간이 다시 흐르기 시작했다.

아스카론의 움직임이 이어지는 순간.

공간이 갈라졌다.

시간의 정지 이후에는 이슈인의 전면에 있는 공간이 그대로 두 쪽이 나버렸다.

나무가 쪼개진다거나, 바위를 갈랐다거나 하는 것과는 전혀 달랐다.

말 그대로다.

그냥 공간 그 자체가 갈렸다.

두 쪽이 난 공간이 살짝 벌어졌고, 그 벌어진 틈으로 심연의 암흑이 나타났다. 그러나 그도 잠시, 갈라졌던 공간은 곧 다시 합쳐졌다.

다시 고요가 찾아왔다.

마치 조금 전에 아무 일도 없었다는 듯한 그런 고요였다.

이슈인이 정신을 차렸다.

머리가 어지러우면서도 어벙벙했다.

대체 조금 전에 무슨 일이 일어났는지 알 수가 없었다.

분명 무아지경에 빠져 무언가를 본 것 같은데, 아무것도 기억이 나지 않았다.

"아스카론, 조금 전에 무슨 일이 있었던 거지?"

결국 아스카론에게 물었다. 이슈인 자신은 모르더라도 아스카론은 모든 것을 보았을 것이기 때문이다.

―그것이… 모르겠습니다. 저도 잠시 정신을 잃었습니다, 로드.

아스카론이 면목이 없다는 듯한 목소리로 조그맣게 대답했다.

아스카론마저 정신을 잃었다니, 대체 무슨 일이 일어난 것이란 말인가. 이슈인은 더욱 궁금해졌고, 답답했다.

그렇게, 이슈인이 인피니트 소드의 마지막 수법인 인피니트 블레이드를 처음으로 펼친 순간이 흘러가고 있었다.

불완전한 형태였기에 시간과 공간의 가름에 차이가 생기긴 했지만 말이다.

CHAPTER 9
마도 문명의 힘

"너 지금 그게 말이 된다고 생각해?"

이안은 얼굴을 부여잡으며 말했다.

[응. 당연하지.]

통신 수정구에 비친 막내는 당연하다는 듯 고개를 끄덕이고 있었다. 대체 왜 안 되냐는 얼굴이다. 무척이나 부당하다는 듯 말이다.

"지금은 전시야, 전시! 그런데 최전선에 있는 그것도 우리 왕국군 최고의 전력인 이슈인은 며칠 동안 빼라는 말이 나와?"

[하지만 휴가는 군인에게 보장된 당연한 권리야.]

이레아가 볼을 부풀리며 말했다.

"하아……."

감싸 쥔 얼굴을 숙이며 이안은 한숨을 내쉬었다. 대체 자신의 동생은 왜 이런단 말인가. 충분히 지금 상황이 어떤지 알고 있으면서 말이다.

"대체 왜 그러는데?"

이안은 고개를 뒤로 젖혀 의자에 기대면서 물었다. 일단 여동생이 저렇게 고집을 피우는 이유라도 알자는 심정이었다.

[이슈인 오빠가 마이스터가 되었대.]

짧고도 간략한 설명이다. 그것만으로는 이해할 수 없는 그런 설명.

"마이스터?"

이안은 이레아에게 반문했다. 그러면서 머릿속을 뒤졌다. 마이스터라는 말은 분명 들은 적이 있었다. 여동생이 이렇게 말도 안 되는 억지를 부릴 정도라면 분명 중요한 것이다. 기억을 뒤지면 어떤 정보가 떠오를 것이다.

"아!"

이레아가 대답을 하기도 전에 이안의 입에서 작은 탄성이 터졌다. 그것이 무엇인지 기억이 난 것이다.

오빠의 표정 변화를 지켜보던 이레아는 잠자코 있었다. 지금 이안이 고민을 하고 있다는 것을 알기 때문이다. 그리고 고민이 끝나면 분명 자신의 요구를 받아들일 것이다. 그것은 그만큼 중요한 일이었다.

지금이 전쟁 중이니만큼 더욱 그랬다.

그것은 어쩌면 전쟁의 판도를 바꿀지도 모르는 일이었으니까 말이다.

'일단은 전하께 말씀드려야겠군. 어차피 통신은 모두 감시당하고 있으니까.'

이안은 속으로 생각을 정리했다. 현재 명목상 첩자 색출을 위해 모든 마법 통신은 감시하에 들어가 있었다. 그리고 감시하는 이는 도나텔 공작이다. 첩자가 누구인지는 이미 타이거 백작이 거의 알아냈다. 하지만 혹시 모를 협력자를 찾기 위해 전방위적인 감시가 이루어지고 있었다. 물론 대부분의 사람들은 그 사실을 몰랐다. 지금 이안과 대화를 나누고 있는 이레아 역시 말이다.

그랬기에 마이스터라는 말을 입에 올린 것이다. 그나마 다행인 것은 아스카론의 이야기가 나오기 전에 자신이 마이스터가 무엇인지를 떠올린 것이라고 할까.

'고민이군. 분에 넘치는 힘은 화밖에 되지 않는 것을……'

이안의 얼굴이 심각하게 변했다. 그런 변화에 이레아는 침을 꼴깍 삼켰다. 자신은 미처 생각하지 못한 무언가가 있는 것 같았다.

저렇게 진지하고 심각한 표정의 오빠는 무척 오랜만에 보는 것 같았다.

이레아가 어떻게 하고 있는지와는 상관없이 이안은 자신의 생각에 빠져들었다.

'이미 전하께는 아스카론의 능력에 대해 어느 정도 말씀을 드렸다.'

이안은 아버지가 급히 찾아와 레퀴엠 프로젝트에 대해 엠피엘 국왕과 나눈 필담을 떠올렸다. 그 자리에 자신도 함께 있었다.

이안은 필사적으로 그때 아버지가 적은 내용을 기억하려고 애썼다. 그 종이는 이미 한 줌 재로 화해 사라졌다. 어떻게든 기억 속에서 끄집어내야 했다.

이레아는 조용히 있었다. 오빠의 생각을 방해할 수 없었다.

'그래. 분명, 기간테스를 업그레이드시킬 수 있는 능력이 있는 것과 마도 시대의 기간테스 제조 비법을 알고 있다고만 했어. 그리고 그 제조 비법은 아직은 우리가 접근할 수 없다고, 주인인 사이몬이 마이스터라는 존재가 되면 알 수 있다고 했었지.'

이안은 그때의 상황을 일목요연하게 떠올리며 고개를 끄덕였다.

'골치 아프군.'

그랬다. 아스카론의 주인이 사이몬일 때는 상관이 없었다.

아무리 바첼러 가의 가신이라 하나 결국은 국왕의 신하, 국왕의 손 위에 있었기 때문이다.

'하지만 사이몬이 이슈인이라면 일이 복잡해져.'

이슈인은 바첼러 가의 혈족. 그랬기에 이슈인이 국왕의 신하라는 점은 변함이 없지만, 국왕이 받아들이는 의미는 달라졌다.

너무나 강대한 힘을 지닌 바첼러 백작가.

그것은 곧 위협이 될 수 있다. 바첼러 백작가가 아무리 국왕에게 충성을 다한다 할지라도, 손아귀를 벗어난 신하는 언제나 불안하게 마련이다.

그렇지 않아도 지금 가진 힘이 엄청났다.

레퀴엠 자체가 왕국의 것이 아닌 이슈인의 것이기 때문이다. 오직 이슈인만이 움직일 수 있는 기간테스, 레퀴엠.

거기에 마도 문명의 대부분의 지식을 가진 아스카론이라니.

'후우… 그나마 필담으로 인해서 간략하게 내용 설명을 한 것이 다행이라면 다행일까.'

이안의 입에서 긴 한숨이 새어 나왔다.

숨길 것은 숨겨야 했다. 그렇지 않으면 가문이 위험했다.

"내가 다시 연락할게."

짧은 한마디와 함께 수정구에서 이안의 얼굴이 사라졌다. 이레아는 아무 말도 하지 못했다. 오빠의 심각한 얼굴이 눈앞에 아른거려 불만을 가지지도 못 했다.

통신을 끝낸 이안은 자신의 집무실을 박차고 나갔다. 곧장 엠피엘 국왕을 찾아갔다. 이런 일일수록 빨리빨리 처리해야 했다.

'부디 이레아가 쓸데없이 들쑤시지 않기를⋯⋯.'

이안은 간절히 그렇게 빌었다. 조금 전 자신이 한 행동에 토라져서 아버지를 조르기라도 하면 큰 일이다. 어떻게든 지금 모든 것을 처리해야 했다.

이안의 발걸음이 빨라졌다.

국왕의 집무실 앞을 네 명의 근위기사가 지키고 있었다. 그 중 한 명이 마크였다. 그는 록힐 광산 공략전이 끝난 후 왕궁에 배치된 것이다.

"무슨 일이십니까, 이안 차관?"

"국왕 전하께 긴히 드릴 말씀이 있네."

이안의 대답에 넷 중 하나가 노크 후 집무실 안으로 들어섰다.

"들어오라십니다."

곧 집무실 밖으로 나온 근위기사가 말했다. 이안은 마크에게 간단한 눈인사를 건넨 후 집무실 안으로 향했다.

전쟁 중인 때문일까? 국왕 역시 잔뜩 쌓인 서류와 씨름을 하고 있었다. 그 덕분인지 이안을 무척이나 반겼다. 잠시나마 서류에서 눈을 뗄 수 있다는 것 때문일 것이다. 그 심정은 이안 자신도 잘 알고 있었다. 지금 이 순간에도 이안의 결제가 필요한 서류가 집무실의 책상 위에 차곡차곡 쌓이고 있으니 말이다.

"어쩐 일인가?"

소파에 앉기를 권하는 국왕의 뒤로 세 명의 근위기사가 자리했다.

"아스카론의 일입니다."

이안이 근위기사들을 힐끗 쳐다보면서 조심스레 말했다. 그 말에 가벼이 이안을 대하던 국왕의 얼굴이 진지하게 변했다.

"으음……."

잠시 고민을 하는 듯하더니, 엠피엘 국왕의 입이 열렸다.

"타이거 백작을 제외하고는 다들 잠시 나가 있지."

"전하!"

타이거 백작이 절대 안 된다는 얼굴로 국왕을 불렀다.

"어허, 다른 사람도 아니고, 이안 차관이야. 더군다나 이안 차관 정도는 백작 혼자면 충분히 어떻게 할 수 있지 않은가."

엠피엘 국왕의 말에 타이거 백작은 어쩔 수 없다는 표정을 지었다. 대신 그는 자리를 옮겼다. 국왕과 이안 사이에 위치한 것이다. 그 모습에 이안은 쓴웃음을 지었다.

"타이거 백작이라면 그 정보에 접근해도 문제없겠지. 자, 이제 말해보게."

국왕의 허락이 떨어졌다. 이것 역시 특S급 이상의 정보다. 국왕의 그림자나 다름없는 타이거 백작이라면 이제는 알아도 될 터이다. 이안 역시 그렇게 판단했다. 아니, 이런 정보는 오히려 많은 사람이 아는 것이 좋을지도 모른다고 생각했다. 바첼러 백작가의 안전을 위해서라도 말이다.

"이슈인이 마이스터가 되었다고 합니다."

"마이스터?"

국왕이 알 수 없다는 얼굴로 되물었다. 그 역시 지금까지 있었던 급박한 상황들 때문에 그에 대한 기억을 한 곳으로 밀어놓은 듯했다.

"아스카론이 가진 마도 시대 기간테스에 대한 정보를 얻을 수 있게 되었습니다."

이안이 설명을 보탰다.

"아아!"

그러자 엠피엘 국왕의 입에서 감탄이 터져 나왔다. 이제야 이전 필담의 내용이 떠오른 것이다. 그 모습에 이안은 속으로만 미소를 지었다. 이 정도로만 기억을 하고 있다면 정보의 일부를 숨기는 것이 가능했다.

"정말인가?"

엠피엘 국왕의 두 눈이 반짝였다. 가뜩이나 공화국에서 마도 시대의 던전을 발굴한 것 같은 이 상황에서는 더없는 희소식이었다.

"네. 그런 것 같습니다. 제게 연락이 왔습니다."

"음……."

국왕이 이안의 말에 고개를 끄덕였다.

"어찌한다?"

고민인 듯 엠퍼엘 국왕이 중얼거렸다.

상황이 그랬다.

지금 메틀라인 왕국에게 있어, 마도 시대 기간테스에 대한 정보는 정말로 절실했다. 그러면 아스카론을 가지고 와야 한다. 아스카론을 소유환 자는 이슈인. 결국은 이슈인을 전방에서 빼야 한다는 소리다. 그러자니 불안했다.

레퀴엠은 이제 메틀라인 왕국에 있어서 최고, 최강의 검이 되어 있었다.

"대국을 크게 봐야 합니다."

이안의 말에 국왕은 고개를 끄덕였다.

"하지만 걱정이군. 레퀴엠이 록힐 광산에 없다는 것을 알면 공화국에서 도발하지 않을까?"

"우리 왕국군은 그리 약하지 않습니다."

이안의 말에 국왕은 어느 정도 결심을 굳힌 듯했다.

"좋아. 하지만 극비리에 불러들이는 것이 좋겠어. 왕도에는 눈이 많으니, 일단 바첼러 영지로 불러들이게. 이번에도 백작이 좀 아파야 할 것 같군."

이안은 국왕의 의도를 쉬이 알아차렸다.

"알겠습니다. 그러면 그리 진행토록 하겠습니다."

이안의 대답에 엠피엘 국왕이 고개를 끄덕였다.

"그래, 사안이 사안인만큼 자네가 직접 챙기도록 하고."

"네."

그 말을 끝으로 이안은 자리에서 일어났다.

"그럼 이만 가보도록 하겠습니다."

"빠른 성과 부탁하네."

국왕에게 허리를 숙이며 이안은 속으로만 용서를 빌었다.

'부디 저의 불충을 용서하시길……'

이안은 뒷걸음질 쳐 천천히 국왕의 집무실을 빠져나갔다.

"대체 무슨 일인 겁니까, 전하?"

사전 정보가 없었기에 타이거 백작은 도대체 알아들을 수가 없었다. 하지만 마도 시대 이야기가 나오는 것으로 보아 엄청난 일인 것 같았기에 그는 조심스레 물었다.

"자네는 그저 나를 지키는 것에만 집중하게."

엠피엘 국왕은 웃으며 그 말로 대답을 대신했다.

"네. 충!"

국왕의 말에 타이거 백작은 허리를 숙였다.

이안은 바빠졌다. 왕국을 위해. 그리고 가문을 위해 할 일이 많았다. 일단 가장 먼저 한 일은 바첼러 백작가의 영주성으로 가는 것이었다.

포털을 이용해 순식간에 집으로 갔다.

이안의 갑작스러운 방문에 이레아는 깜짝 놀랐다. 그런 동생의 모습에 아랑곳하지 않고 가족을 모았다, 이올린과 아버지까지.

일단 카를로 백작이 병에 드는 것을 의논하기 위해 집으로 온 것이다. 적어도 국왕은 그렇게 알 것이다. 하지만 동시에 입단속도 해야 했다.

이안은 천천히, 그러나 아주 심각하게 자신의 생각을 풀었다. 카를로 백작을 비롯해 이올린과 이레아는 진지하게 그 말을 들었다. 이안의 말이 모두 끝났을 때 네 사람의 얼굴 표정은 똑같았다.

어둡고도 심각한 얼굴.

"과연 네 말대로다, 이안."

카를로 백작의 목소리는 어둡기 짝이 없었다. 신하임에도 불충을 저질러야 하기 때문이다. 어쩔 수 없다, 살아남기 위함이니까.

지금 바첼러 백작가가 살 수 있는 방법은 두 가지였다.

첫 번째가 이안이 하려는 것이다. 정보의 일부를 숨기는 것. 국왕과 다른 귀족들이 모른다면 문제가 될 것은 아무것도 없었다. 단지 신하로서 주군을 속인다는 불충을 저지르는 것이 걸릴 뿐이다.

바첼러 백작가는 이미 한 번 불충을 저질렀다. 아니, 사실은 더없는 충성이었지만, 귀족들은 불충으로 기억하고 있었다. 카를로 백작의 할아버지는 기간테스 제조 기술을 익히기 위해, 메틀라인 왕국의 극비 정보를 가지고 루즈벡 제국으로 망명한 적이 있었다. 극비 정보를 빼돌렸기에 당시 메틀라인의 귀족계는 그야말로 난리가 났다.

루즈벡 제국에서 기간테스 제작 기술을 익힌 카를로 백작의 아버지가 다시 극비리에 메틀라인 왕국으로 돌아왔다. 당시 메틀라인 귀족들의 평가는 배신자 중의 배신자였다. 아버지는 조국을, 아들은 다시 몸을 의탁한 나라를 등졌기에 귀족의 수치라는 말까지 나왔을 정도다.

그 때문에 아직도 귀족들 사이에서는 바첼러 백작가를 배신자의 후손 가문이라 부른다. 당시 기간테스 개발 기술을 위해 국왕이 내린 밀명이었음에도 그 사실을 아는 이는 없다.

이런 과거의 악연이 있었기에 이레아와 이올린이 과거 엘라시아 마을에 갔을 때 감시가 붙은 것이기도 했다.

그런 과거의 전력에도 불구하고 현재 바첼러 백작가의 사람들이 중용되고 있었다. 그 때문에 귀족파의 귀족들에게 경원시 되고 있는 것이다.

사실과는 다르더라도 배신자의 후손이라는 말은 참기 힘든 낙인이다. 카를로 백작을 비롯한 모든 가문의 사람들의 마음의 짐이었다.

그런데 이번에는 진짜 불충을 저질러야 하니 모두의 심정이 좋을 리가 없었다. 하지만 어쩔 수 없었다. 살아남아야 했으니까.

물론 다른 방법도 있다.

두 번째 방법.

그것은 라이오네 공작가와 손을 잡고 귀족파로 돌아서는 것이다. 마도 문명의 강대한 힘이라면 단번에 국왕을 허수아비로 만들 수 있다. 하지만 그것이야말로 배신이요, 배덕이다.

정말로 배신자의 가문이 되어버리는 것이다.

결코 그럴 수 없었기에, 불충의 길을 갈 수밖에 없었다.

"어쩔 수 없구나, 네 말대로 해야지. 아스카론은 오직 마도 시대의 기간테스의 제조법만 알고 있는 것으로 하자꾸나."

카를로 백작이 어두운 목소리로 말했다.

"미안해, 오빠. 난 통신이 모두 감시당하고 있는 줄 몰랐어."

이레아가 침울하게 말했다.

"그거야 당연하지. 첩자를 잡아내기 위한 방편인데, 다른 사람이 알아서는 안 되지."

이안이 이레아의 머리를 쓰다듬어 주면서 말했다. 괜찮다는 행동이다.

"이슈인에게도 확실히 말해야겠네."

이올린의 말에 이안이 고개를 끄덕였다.

"내가 직접 갈 생각이다."

이안의 말에 모두 놀란 얼굴을 했다. 그곳은 적국의 영토였다. 국방부 차관과 같은 요인이 갈 곳이 아니었다.

"어쩔 수 없어, 미리미리 말을 해둬야 하니까. 그리고 내가 가는 편이 사람들이 의심을 안 해. 아버지가 갑자기 쓰러지신 거니까."

한편으로는 이해가 가지만 그래도 순순히 납득하기는 어려웠다.

"병은 지난번에 암살자에게 당한 곳이 다시 재발했다는 정도가 좋겠지요?"

이안이 카를로 백작을 보면서 물었다.

"그렇게 하자무나. 그럼 나는 또 내 방으로 가 몸져누워야 하나?"

헛웃음을 지으며 카를로 백작은 몸을 일으켰다. 아들의 굳은 얼굴에서 그 결의를 느낄 수 있었기에 말리지 않았다. 가문의 존망이 걸린 일이다.

이렇게 결정한 이상 필사적이어야 한다. 오늘의 이 일이 국왕에게 알려지는 날에는 정말로 파멸일지도 몰랐다.

충성을 다하나, 살아남기 위해 불충을 해야 한다.

참으로 아이러니한 상황이다.

신하에게 있어 강대한 힘은 자신의 목을 옭아매는 줄과도 같음이었다.

아무리 분위기가 늘어졌다고 하나 이곳은 전장이었다. 그
것도 적국의 영토에 침투해 있는 별동대나 다름없는 사단이
다.

이런 곳에 한 국가의 국방부 차관이 나타난다는 것은 그야
말로 어불성설이다. 그런데 이안 차관이 늦은 오후에 급히 포
털을 통해 나타났다. 왕도에서 이곳까지는 두 개의 포털을 거
쳐야 했다. 오늘 바로 돌아간다면 문관인 이안 차관에게 상당
히 버거운 일이다. 그럼에도 이렇게 찾아왔다는 것은 그만큼
급한 일일 것이다.

"무슨 일일까?"

크로아 사단장은 고개를 갸웃거렸다. 그가 아는 이안 차관
은 이렇게 가벼운 사람이 아니다. 심려 깊으면서도 진중하고
무거운 사람이었다.

"죄송합니다, 크로아 사단장."

이안은 크로아 사단장을 보자마자 사과의 말부터 건넸다.
지금의 일이 경우 없음을 잘 알기 때문이다.

"아닙니다. 차관님께서 이렇게 오실 정도면 그만큼 급한
일이겠지요."

크로아 사단장은 일단 의구심을 뒤로하고 미소를 지으며
이안을 맞았다.

"아니요. 그런 일이 아니기에 죄송하다 말씀드린 것입니다."

이안이 고개를 저으며 말했다.

"네?"

알 수 없다는 얼굴로 크로아 사단장이 반문했다.

"아버님께서 쓰러지셨습니다."

"네에?"

의문이 경악으로 바뀌었다.

"지난번에 놈들에게 습격당한 곳이 완전히 회복되지 않으셨던 것 같습니다. 최근의 무리로 그때의 상처가 도졌는지 지금 정신을 잃고 쓰러져 계십니다."

이안이 침중한 얼굴로 말했다. 그야말로 수준급의 연기였다.

"저런. 큰일이군요."

크로아 사단장의 얼굴에 근심이 어렸다. 그는 기갑군단의 사단장이었기에, 바첼러 백작가가 그리고 카를로 백작이 왕국에 얼마만한 공헌을 했는지 아주 잘 알고 있었다. 그랬기에 그는 진심으로 안타까워하고 걱정했다.

"더군다나, 왕도 내부의 사정도 있습니다. 아버지께서 쓰러지신 사실이 새어나가면 안 되기에 제가 직접 움직였습니다."

"당연한 일입니다."

크로아 사단장이 고개를 끄덕였다. 그 역시 왕도 내의 첩자에 대한 소식은 이미 들었다. 지난번 록힐 광산의 공략에 있어서 그 때문에 어떤 일이 있었는지도 잘 알고 있었다.

"이슈인 써드 룩을 데리러 오신 것이지요?"

"그렇습니다. 지난번에는 아예 없었으니까요."

이안이 쓴웃음을 지으며 대답했다. 크로아 사단장은 안타깝다는 표정으로 그 모습을 바라보았다.

"알겠습니다. 지급으로 이슈인 써드 룩에게 통신을 넣겠습니다."

"이곳에 없습니까?"

이안의 의외라는 듯 물었다.

"네. 요즘 개인 훈련을 위해 진영에서 조금 벗어나 있습니다. 지난번 작전 때 중간 보급을 했던 XA—11에서 홀로 훈련을 하고 있지요. 뭐, 레퀴엠 자체가 워낙 사기성 기체이니 다른 기간테스와의 합동 훈련으로는 성에 차지 않는 모양입니다."

크로아 사단장의 말에 이안은 고개를 끄덕였다.

통신실에서 이슈인에게 지급으로 통신이 날아갔다. 가타부타 자세한 내용 없이, 그냥 '지급. 즉시 복귀'라는 간단한 내용이었다.

통신이 가고 40분쯤 후 레퀴엠이 상공에 나타났다.

해치가 열리고 콕피트에서 뛰어내리는 이슈인의 얼굴에는 언짢은 기색이 가득했다.

다시 본래 모습의 인피니트 소드를 펼치면서 새로이 깨닫는 것들이 많은 찰나에 즉시 복귀 명령이 떨어진 때문이다. 한 걸음 더 나아갈 수 있었는데, 상부의 명령 때문에 못 나갔다. 이슈인은 그렇게 생각하고 있었다.

"이슈인."

그때 들려온 익숙한 목소리에 이슈인은 고개를 돌렸다. 그리고 두 눈을 크게 떴다.

절대 이곳에 있어서는 안 되는 사람이 이곳에 있었다.

"형⋯⋯!"

얼떨떨한 얼굴로 이슈인이 이안을 불렀다.

"그런 얼굴 하고 있을 시간 없다. 서둘러라."

레퀴엠이 역소환되자 이안이 이슈인의 팔을 잡아끌었다.

"응? 뭔데?"

갑작스러운 일에 병사들의 시선이 집중되었다. 이안은 이슈인의 귀에 대고 작게 속삭였다.

"아버님께서 쓰러지셨다."

"뭐어?"

이슈인이 두 눈을 크게 뜨고는 소리쳤다.

"쓸데없는 소리 말고 빨리 따라와."

이안이 포털을 향해 걸음을 빨리 했다. 통신이 가고 이슈인이 나타나기의 40분 동안 모든 절차를 마쳤기에 이안은 바로 포털로 향했다.

이슈인은 그렇게 크로아 사단장에게 보고조차 하지 못하고 포털을 통해 본국으로 귀환했다. 아이노 강 하류의 포털 스팟에 도착하자마자 다시 이슈인은 형과 함께 바첼러 영지로 이동했다.

영주성 지하의 포털에 도착하자 이안이 하얗게 질린 얼굴로 그 자리에 무릎을 꿇었다.

"형!"

이슈인이 깜짝 놀라 외쳤다.

오늘 이안이 포털을 이용한 횟수는 모두 다섯 번이다. 보통 사람은 하루에 세 번의 이동을 버티는 것이 고작이다. 그것을 두 번이나 초과했으니 그 충격이 이안을 덮친 것이다.

"됐어. 어서 아버님께 가자."

이안이 몸을 억지로 일으키며 말했다. 창백한 얼굴에 부들부들 떨리는 손. 결코 괜찮은 모습이 아니었다.

"알았어."

이슈인은 형을 부축하고는 걸음을 서둘렀다.

카를로 백작의 침실 문을 열고 안으로 들어선 이슈인은 흠칫한 표정으로 멈춰 섰다.

쓰러져서 정신을 잃으셨다던 아버지가 멀쩡한 모습으로 침대에 앉아 계셨기 때문이다. 그리고 그 앞에 심각한 얼굴로 이올린 누나와 이레아가 있었다.

"대체 무슨 일이에요?"

이슈인이 혼란스럽다는 얼굴로 물었다.

"일단 앉아."

이올린이 소파에 앉으며 말했다. 이레아도 앉았고, 이슈인
은 이안을 앉힌 후 자신도 앉았다.

"놀랐지?"

카를로 백작이 인자한 목소리로 이슈인에게 말했다.

"네."

짧은 대답이다.

카를로 백작이 그런 아들을 지켜보며 설명을 시작했다. 이
슈인은 묵묵히 듣고만 있었다. 이안은 조금씩 체력을 회복하
고 있었다.

"끄응."

모든 이야기를 들은 이슈인의 얼굴에 난감한 기색이 어렸
다. 그리고는 힐끗 허리에 매인 아스카론을 쳐다보았다.

"이게 전부 너 때문이잖아."

―면목없습니다, 로드.

너무나 순종적인 아스카론의 반응에 이슈인은 허탈했다.
왠지, 이전의 아스카론이 더 편하고 재미있었던 것 같았다.

"이 일은 우리 가족만 아는 일이다. 알겠지?"

카를로 백작의 물음에 모두들 결연한 얼굴로 고개를 끄덕
였다.

"그럼 일단 아스카론의 지식부터 얻어야지."

이레아가 눈을 빛내며 말했다. 그녀의 지적 호기심은 심각한 상황도 일거에 날려 버렸다.

이슈인은 못 말린다는 얼굴로 고개를 끄덕였다.

"가능해, 아스카론?"

─로드의 명이시라면.

"어떻게 해야 하지? 네가 주구장창 설명해야 하는 거야?"

─전이가 가능은 합니다. 하지만 로드 이외의 사람에게 모든 지식을 전할 수는 없습니다.

"나 이외의 사람에게는 모든 지식을 전할 수가 없다는데?"

이슈인은 아스카론의 말을 그대로 전했다. 그러자 이레아의 얼굴에 실망이 어렸다.

그사이 아스카론이 이슈인에게 방법을 설명했다. 이슈인은 고개를 끄덕이며 이레아에게 말했다.

"자, 받아."

이슈인의 손 위에는 아스카론이 쥐어 있었다.

"응?"

이레아는 엉겁결에 아스카론을 받아 들었다.

"아스카론과 접촉하고 있으면 의지로 의사소통이 가능할 거야. 그러면 네가 궁금한 것들을 물어봐. 허용이 되는 것들에 한해서 대답해 준대."

"그래?"

이슈인의 말에 이레아의 얼굴에 화색이 돌았다.

"그럼, 저 먼저 실례할게요."

이레아가 서둘러 일어났다. 그 모습에 다들 고개를 저었다.

"참, 마도 시대 기간테스의 설계도 몇 개는 준비해 놔야 한다."

이안이 서둘러 말했다.

그것이 이곳에 온 명목상의 이유였기에 반드시 챙겨야 했다.

"알았어."

이레아의 대답은 멀리서 목소리만 울렸다.

서둘러 자신의 연구실에 들어선 이레아는 심장이 쿵쿵 뛰는 흥분을 어떻게 제어할 수가 없었다. 드디어 그 수많은 궁금증들을 풀어낼 수 있다고 생각하니 그야말로 가슴이 터질 것만 같았다.

"하아하아. 이러면 안 돼. 일단 진정하고."

얼마나 서둘러 연구실로 왔으면 호흡까지 거칠어져 있었다.

"후우. 후우."

이레아는 아스카론을 한 곳에 놓아두고 양팔을 벌렸다 모았다 하면서 심호흡을 했다.

흥분을 가라앉히고 거친 숨도 고르기 위해서였다.

그렇게 잠시 심호흡을 한 이레아는 두 눈을 반짝이며 아스
카론을 향해 손을 뻗었다. 심장은 여전히 콩닥콩닥 뛰고 있었
다. 조금 전의 쿵쿵에 비하면 많이 진정이 되었지만 그래도
여전히 흥분한 상태였다.

─무엇이 궁금한가?

이레아의 손이 닿자 아스카론이 물었다. 예전에 이슈인에
게 하던 말투다. 이레아는 아스카론의 주인이 아니었다.

"음. 먼저 마나 엔진의 한계 출력이요."

이레아는 선생님에게 질문하듯 공손히 물었다.

─4.0

너무나 성의없고 짤막한 대답이다.

"그러면 마도 시대의 기간테스의 한계 출력이 4.0이었나
요?"

─타이탄의 최고 출력은 10.0이었다.

"히익!"

이레아는 아스카론의 대답에 깜짝 놀랐다. 도저히 상상도
안 되는 출력이 나왔기 때문이다. 이안이 연구해서 만들어낸
마나 캐논의 출력이 12.2다. 그것도 무려 다섯 개의 마나 엔
진을 직렬로 연결하여 만들어낸 출력이었다. 그런데 기간테
스, 아니, 타이탄 한 기의 출력이 10.0이라니. 어찌 믿을 수 있
겠는가.

"잠깐."

순수하게 놀라던 이레아는 멈칫했다. 지금 아스카론의 대답은 조금 전의 대답과 모순되는 것이었다.

"마도 시대 마나 엔진의 최고 출력은 4.0이라고 하지 않았나요?"

─분명히 그랬다.

"그런데 타이탄의 최고 출력은 10.0이라고요?"

─그렇다.

"그게 말이 돼요?"

이레아가 어이없다는 듯 소리 치면서 물었다.

─너야말로 내가 예전에 해준 것들을 잊은 것인가?

아스카론이 오히려 반문했다. 아스카론의 물음에 이레아는 일단 생각을 정리했다. 레퀴엠의 리크리에이트 전에 아스카론을 통해 살짝 엿본 마도 시대의 지식들에 대한 이야기.

"거의 완벽했다, 마도 시대의 최종형 마나 엔진과 유사할 정도로. 하지만 마나 엔진 자체가 가진 한계 때문에 마도 시대 중기 이후에는 결국 사라진 고대의 유물이지."

이레아의 기억 속에 남아 있는 아스카론의 말이다. 그랬다. 마도 시대 중기 이후에는 사라진 고대의 유물이라 했다. 마나 엔진이 말이다.

이레아는 고개를 번쩍 들고 물었다. 아스카론과 접촉만 하면 어찌 되었든 상관없지만, 평소 사람들과 대화할 때의 버릇이 나온 것이다.

"그러면 마나 엔진이 아닌 다른 것으로 타이탄이 기동하고 10.0의 출력을 낸단 말이에요?"

—그렇다.

"그게 뭐지요?"

—마나 코어.

"그건 어떻게 만들어요?"

짧고도 빠른 질문이 오갔다.

—지금은 만들 수 없다.

"왜요?"

—재료가 존재하지 않는다.

"그러면 마도 시대에는 어떻게 만들었어요?"

—그때는 존재했다.

"그런데 지금은 왜 존재하지 않지요?"

—신이 지웠으니까.

아스카론의 대답에 이레아는 흠칫 질문을 멈췄다. 분명 마도 시대의 멸망과 관련이 있는 것 같았다.

"그래도 만드는 법은 알고 있지요?"

이레아의 질문이 다시 이어졌다.

—물론이다.

"일단 가르쳐 줘요."

—······.

아스카론은 침묵했다.

"금지된 거예요?"

아스카론의 침묵에 이레아가 물었다.

—그렇지는 않다.

"그럼 왜요?"

—말로 설명하기에는 너무 복잡해서.

그랬다. 그런 문제가 있었다. 이레아의 얼굴에 낭패한 기색이 어렸다. 이런 문제가 있다면 기간테스의 설계도도 얻지 못한다.

—어쩔 수 없군.

아스카론이 결정을 내린 듯했다.

"방법이 있어요?"

—마법을 사용하면 된다, 지식 전이의 마법.

"그런 것도 할 수 있어요?"

이레아는 깜짝 놀랐다. 설마 아스카론이 마법까지 사용할 수 있었는지는 몰랐다.

—물론. 마이스터가 있어야 한다. 그것은 나의 진정한 주인에게만 허락된 능력이다.

"그러니까 결국 이슈인 오빠가 있어야 한다는 거네요?"

—그렇다. 로드께서 계시면 된다.

그 말이 떨어지는 순간 이레아는 다시 아스카론을 들고 뛰었다. 이슈인을 찾아서였다.

지식 전이 마법이라니, 그런 편리한 것이 있는데 어찌 오빠를 찾지 않겠는가.

결국 이슈인은 이레아에게 붙들려 이틀간 함께 있었다.

그동안 이레아는 궁금한 것을 아스카론에게 묻고, 마도 시대의 지식을 전해 받았다. 단 한 번에 모든 것을 받아들이기에는 인간의 뇌가 가진 한계가 있었기에 이틀의 시간이 걸렸다.

그 시간 모든 것을 받아들인 것도 아니었다. 이레아의 한계 때문에 그 정도 시간으로 이레아가 받아들일 수 있는 것만 전했다.

이레아는 그것을 무척 아쉬워했다.

"뭐, 계발해서 한계를 늘릴 수 있다니까. 기다려."

이레아는 그렇게 당차게 말하고는 연구실에 틀어박혔다. 일단 전해 받은 지식을 이해하고 자신의 것으로 만들어야 했다. 그리고 실제로 적용도 해봐야 했다.

그전에 이안에게 네 장의 설계도를 전했다.

출력 3.0의 마나 엔진의 설계도.

블루 이카루스의 설계도.

이카루스 탈착이 가능한 기간테스의 설계도.

이카루스 기본 장착형 기간테스의 설계도.

이렇게 네 장이었다.

이 모든 것을 메테나이져에서 만들어내려면 시간이 없을 것이다. 완벽하게 완성된 설계도라고는 하지만, 지금도 정신 없이 바쁜 곳이니 만큼 일단 시제품이 나오는 데만도, 한 달은 걸릴 것 같았다.

그런 것은 이레아에게는 상관없었다. 그녀는 이올린과 함께 연구실에 틀어박혔다.

이안은 설계도를 들고 왕도로 향했다. 그사이 쌓여 있을 서류 더미를 생각하니 한숨이 절로 나왔다.

이안이 한숨을 남기고 사라진 포털에 이슈인이 올라섰다.

다시 전장으로 향했다.

CHAPTER 10
원글로스의 급변

　데루트 공작은 인상을 찡그렸다.

　지금 자신의 손에 펼쳐진 편지의 내용을 과연 믿어야 할까란 생각 때문이다. 어느 날 최측근을 통해 은밀히 전해진 편지. 벨런시아 공화국 통령의 인장으로 단단히 봉인된 편지였다.

　데루트 공작은 조용히 편지를 펼쳐 읽었다. 그리고 지금 고민에 빠져 있는 것이다.

　데루트 하이 사카인 공작.

　그가 바로 원글로스 귀족파의 수장이다.

　데루트 공작이 내전을 일으킨 것도 모두 벨런시아 공화국의 충동질 때문이었다. 하지만 그 사실을 후회하지 않는다.

'벨런시아 공화국이 아니었더라도 어차피 반역을 했을 테니까. 단지 그 시기가 조금 빨라졌을 뿐.'

하지만 당시 벨런시아 공화국에서 제공한 사일런트 리콜러의 도움은 톡톡히 받았다. 그 덕에 기습이 성공할 수 있었고, 내전의 주도권을 잡을 수 있었다.

데루트 공작이 차기 국왕으로 내세운 현 국왕의 동생, 로칸드 원 글로스는 지금도 데루트 공작의 영지에서 술과 여자에 빠져 있을 것이다. 그런 인물이니 허수아비 국왕으로 삼기 위에 명목 상 차기 국왕으로 내세운 것이다.

현 국왕인 가이나트 원 글로스는 현재 왕도인 유니온에서 웅크리고 최대한 전력을 비축하고 있었다. 왕도가 왕국의 중심이 아닌 북서부에 치우쳐 있었기에 가능한 일이다.

또한 그렇게 한쪽으로 치우쳐 있었기에 귀족들에 대한 지배력이 떨어져서 작금의 상황이 일어난 것이기도 했다.

"어떻게 한다……."

데루트 공작은 고민했다.

벨런시아 공화국에서 제시한 지원 병력은 분명 매력적이다. 무엇보다 하늘을 날 수 있는 브루트 다섯 기는 탐이 났다. 메틀라인 왕국의 바톤 윙에 대한 정보를 듣고 얼마나 놀랐던가.

게다가 브루트라면 현재 교착 상태에 빠져 있는 이 상황을 일거에 뒤집을 수도 있었다.

하지만 내전이 끝난 후 이행해야 하는 조건이 걸렸다.

내전으로 피폐해진 국력으로 메틀라인 왕국을 압박한다 라……. 쉽지 않은 조건이다. 무엇보다 국경을 맞대고 있는 슈프림 왕국과 루즈벡 제국이 문제였다.

"고민이군."

내전은 빨리 끝내야 했다. 이 이상 국력을 낭비할 수 없었 다. 벨런시아 공화국의 도움을 받으면서 메틀라인 왕국으로 의 길을 내준 것도 국경을 맞대고 있는 두 나라의 국력을 소 진시키기 위해서였다.

사실 원글로스 왕국의 위치는 그다지 좋지가 못했다. 무려 네 개의 나라와 국경을 맞대고 있으니 말이다. 그나마 어퍼 그랜져 산맥과 셀 산맥이라는 천연의 방벽이 있었기에 망정 이지 그렇지 않았다면 진작에 원글로스는 지도에서 사라졌으 리라.

"문제는 루즈벡인데……."

데루트 공작의 고민은 깊어졌다. 이윽고 결정을 내렸는지 펜을 들었다.

"훗, 이 정도는 해줘야 한쪽 발을 담글 수 있지."

데루트 공작은 빠른 속도로 편지를 써내려 갔다. 추가적인 조건에 대한 내용이었다.

봉투에 편지를 넣은 후 단단히 봉한 후, 사카인 공작가의 인장을 꾹 눌러 찍었다.

데루트가 보낸 답신은 빠르게 전달되었다. 극비리에 전달되었음에도 불과 여섯 시간 만에 엥게스에게 당도했다.

편지의 내용을 읽은 엥겔스는 박스터를 찾았다. 이것은 자신 혼자서 결정할 일이 아니었다.

"무슨 일인가?"

한창 통령궁 집무실에서 서류에 결제를 하던 박스터가 엥겔스를 보며 물었다.

"데루트 공작이 답신을 보냈습니다만, 요구 조건이 있습니다."

"아아, 맞아. 아마 루즈벡 제국에 대한 건이겠지?"

"네. 그렇습니다."

박스터가 고개를 끄덕이며 말했다.

"그래. 자네에게 지시를 한 후에야 생각이 났지 뭔가, 귀족들은 자신은 안전이 완전히 보장되어야 움직인다는 사실이. 원글로스의 국력이 너무 약해지면 곤란해지지. 우리 말고도 북쪽으로도 두 개의 국가와 국경을 맞대고 있으니까. 슈프림 왕국이야 어퍼 그랜져 산맥이 천연의 방벽이 되어주겠지만, 루즈벡 제국은 그렇지가 않거든. 기껏 내전에서 승리했는데, 루즈벡 제국이 침공을 한다면 죽 쑤어 개 준 것이나 다름없지."

박스터가 미소를 지었다.

"그러면 이 조건은 수락하는 겁니까?"

"루즈벡 제국으로부터의 안전을 요구하는 거라면, 앞으로

7년간의 불가침 조약 체결을 주선한다고 해."

"가능하겠습니까?"

엥겔스가 의아하다는 듯 물었다.

다른 나라도 아니고 제국이다.

제이드 대륙의 이대 제국 중 하나인 루즈벡 제국. 특히나 기간테스 제조 기술이 가장 뛰어난 국가로 이미 그 전력은 마리오 제국을 넘어섰다는 것이 일반적인 평가였다.

그런 제국이 눈앞에 떨어진 금화를 그냥 지나칠까? 허리는 숙이며 손만 뻗으면, 원글로스라는 금화를 주워서 가질 수가 있는데 말이다.

"뭐, 원글로스가 탐나는 금화라는 것은 사실이지. 하지만 이카루스가 걸린다면 어느 쪽이 더 탐이 날까? 루즈벡에 있어서 말이야."

"으음… 그거라면 가능하겠군요. 하지만 이카루스를 그렇게 넘겨줘도 괜찮겠습니까?"

엥겔스가 걱정스럽다는 듯 물었다.

"이카루스만. 오직 이카루스만 넘겨주는 거야. 기간테스는 라이더가 움직이는 거니까."

그 말에 박스터의 의도를 알아차린 엥겔스가 무릎을 쳤다.

"그렇군요. 윙 기간테스의 라이더 양성은 결코 쉬운 것이 아니지요. 메틀라인에서 진작에 바톤 윙을 만들고도 충분한 전력을 투입하지 못하는 것이 라이더 양성의 어려움 때문이지요. 반면 우리에게는 환상 마법진이 있구요."

"그렇지."

엥겔스의 말에 박스터는 고개를 끄덕였다.

"그리고 바톤 윙은 메틀라인에서 단독으로 만든 것이 아니야."

"네?"

"흙의 마탑의 도움이 있었던 것 같더군."

"흙의 마탑이요?"

엥겔스가 반문했다.

"그래. 바첼러 백작가의 장녀가 흙의 마탑의 부탑주야. 모종의 협약이 있었던 것 같아. 아마도 바톤 윙의 완성 이후 어느 기간이 지나고 흙의 마탑에 그 생산과 판매의 권리를 주는 것이겠지. 그 대가로 흙의 마탑은 메틀라인의 주력 기간테스인 랩터2를 생산해 주고. 바톤 윙의 보급은 아마도 우리와의 전쟁이 끝난 다음이 아닐까 한다네."

"그런……."

엥겔스는 생각지도 못했다는 중 멍한 얼굴로 중얼거렸다.

"이 정보를 얻기 위해서 고생 좀 했어. 다크 시트릿(Dark Secret)의 희생도 컸고."

다크 시크릿.

박스터 통령이 만든 통령 직속의 정보 부대로, 그 정체는 아무도 알지 못했다. 재상인 엥겔스도, 공화국의 영웅이라는 혁명의 기사 제스터도 말이다.

"그렇군요."

다크 시크릿이 알아낸 정보라고 하자, 엥겔스는 쉬이 수긍했다. 그들은 혁명 전쟁 당시에도 이미 박스터의 수족이었다. 박스터가 혁명에 성공하고 통령의 자리에 올랐기에 통령 직속 부대가 된 것이다. 그야말로 박스터만의 가신과 다름없는 이들이다.

"그러니까 어차피 전쟁이 끝나면, 윙 기간테스는 대륙 전체로 퍼질 거야. 우리가 이기든, 메틀라인이 이기든 말이야. 흙의 마탑에 이미 바톤 윙의 제조 비법이 넘어간 것 같으니까. 이런 상황에서 이카루스를 굳이 아낄 필요는 없지. 정작 중요한 것은 라이더니까."

"알겠습니다. 그러면 그 조건으로 루즈벡 제국에 사람을 보내놓도록 하겠습니다."

엥겔스는 그렇게 물러났다. 이후의 일은 순조롭게 진행되었다.

가뜩이나 메틀라인 왕국과 벨런시아 왕국의 윙 기간테스에 대한 고민이 컸던 루즈벡 제국으로서는 당연히 조건을 수용했다. 불가침 조약이라고 해도 불과 7년이다. 그 정도의 시간으로 원글로스가 회복하면 얼마나 회복하겠는가. 금화는 그때 주워도 된다.

루즈벡 입장에서는 한 가지 아쉬운 것이 있단면 벨런시아의 이카루스는 기본 고정식이라는 것이다. 자연히 추가적인 기간테스의 생산도 함께 이루어져야 했다. 하지만 지지부진하던 연구를 생각하면 그것만으로도 충분했다.

물론 이 모든 것은 극비리에 이루어졌다.

"좋아."

데루트 공작은 만족스러운 미소를 지었다. 그의 손에는 루즈벡 제국과 체결한 불가침 조약 서류에 들려 있었다. 이제 후방은 든든해졌다.

그리고 오늘, 사일런트 리콜러를 소지하고 아흔다섯 명의 라이더가 사카인 공작령으로 들어왔다.

사카인 공작령은 원글로스 왕국의 중심부에 위치해 있었다. 그야말로 진정한 왕도의 자리였다.

"이제 밀어붙이면 되겠어."

데루트 공작의 입가에 걸린 회심의 미소는 섬뜩하기까지 했다.

*   *   *

침중하게 굳은 얼굴을 한 이들이 한데 모여 앉아 있었다. 그야말로 화려한 대전이었지만, 그 화려함조차 초라해지는 분위기였다.

"어떻게 데루트 공작이 윙 기간테스를 손에 넣었을까?"

가이나트 국왕이 힘없는 목소리로 물었다. 그렇지 않아도 가뜩이나 불리한 상황이다. 거기에 귀족파에서 윙 기간테스라는 전술 병기까지 손에 넣었으니 상황은 더 나빠질 수 없을 정도로 위태로웠다.

"아마도 벨런시아 공화국에서 지원받은 듯합니다. 정보 길드의 소식에 의하면 몇 주 전에 메틀라인에 빼앗긴 록힐 광산을 되찾기 위해 공화국에서 윙 기간테스를 출격시킨 적이 있다고 합니다."

국방부 장관인 브라이트 백작의 말이다.

이미 국왕파는 자체적으로는 타국 및 자국의 정보조차 얻을 수 없을 정도로 세력이 약해져 있었다. 국왕이 정보 길드를 통해 정보를 얻을 정도면 그 쇠락이 어느 정도인지는 말할 필요도 없었다.

"흐음… 메틀라인과 전쟁 중에 데루트 공작을 지원할 여력이 있단 말인가. 벨런시아 공화국의 저력이 그 정도였단 말인가."

가이나트 국왕은 절망적인 얼굴로 허탈하게 중얼거렸다.

전장에 윙 기간테스가 나타나고 고작 이틀이 흘렀을 뿐이다. 하지만 그 이틀 사이 벌써 절반의 영토를 잃었다. 이제 국왕파의 영향 아래에 있는 영토는 원글로스 왕국 국토의 2할에 불과했다.

"저희도 지원을 요청하는 것은 어떻겠습니까?"

외교부 장관의 자리에 있는 로코코 후작이 조심스레 입을 열었다. 브라이트 백작과 함께 국왕파의 핵심인 인물이었다.

"어디에 말인가?"

가이나트 국왕이 힘빠진 목소리로 물었다.

"웡 기간테스를 상대하려면 웡 기간테스가 있는 국가에 지원을 요청해야겠지요."

"메틀라인 말인가? 그들이 지금 우리를 도울 여력이 있을까?"

기대하지 않는다는 얼굴로 가이나트 국왕이 반문했다.

"메틀라인에서는 현재 벨런시아 공화국 내의 록힐 광산을 점거하고 있다고 들었습니다."

"정보 길드에 의뢰한 것인가?"

"네. 가산을 좀 정리했습니다."

국왕의 물음에 로코코 후작은 순순히 대답했다. 자신이 요구한 정보에 대한 정보료는 상당히 비쌌다. 아니, 정보 길드의 정보료가 전반적으로 모두 올랐다. 국왕파의 위기를 틈타 제대로 이익일 챙기고 있는 것이다.

"내 이놈들을……."

가이나트 국왕의 맥빠진 얼굴에 분노가 떠올랐다. 그들 역시 자신의 백성일진대, 이런 식으로 나오니 자연히 화가 날 수밖에 없었다.

"저희가 곧 망할 것이라 생각하는 것 같습니다."

로코코 후작이 쓴웃음을 지으며 말했다. 그 말에 모두의 얼굴에 어둠이 내렸다.

"현재 메틀라인 왕국과 벨런시아 공화국의 전력을 비교하면 메틀라인 왕국의 우세입니다. 전반적으로는 벨런시아 공화국이 앞섭니다만, 메틀라인 왕국에는 레퀴엠이라는 전략병기나 다름없는 기간테스가 있습니다. 덕분에 현재 메틀라인 왕국의 우세라고 하더군요."

이미 이슈인과 레퀴엠에 대한 소문은 대륙 전체에 퍼져 있었다. 물론 정보 길드나 각국 의 수뇌부에 한정되어 있지만, 레퀴엠이 보여준 위력에 다들 긴장하고 있었다.

"제 생각에는 벨런시아 공화국에서 열세를 만회하기 위해 데루트 공작을 지원하는 것 같습니다. 메틀라인 왕국에 대한 모종의 협약이 있겠지요."

가이나트 국왕은 로코코 후작의 말을 가만히 듣고 있었다. 그는 가이나트 국왕 자신의 오른팔이자, 또한 선왕의 오른팔이던 왕국의 충신이다.

"그 점도 이용해야 하지만, 그전에 록힐 광산 점거에 대한 항의를 해야 한다고 생각합니다."

"항의?"

가이나트 국왕이 이해가 가지 않는다는 얼굴로 되물었다.

"네. 레퀴엠을 비롯한 윙 기간테스를 이용한 작전이었다고 하더군요. 메틀라인 왕국에서 벨런시아 왕국으로 가려면 반드시 우리 왕국을 지나야 합니다. 비록 내전 중이라 하나 우리 왕국의 주인은 전하이십니다. 그런데 전하의 허락도 없이, 우리 왕국을 지났으니 당연히 항의를 해야지요."

"하지만 하늘을 날아간 것이지 않은가?"

"비공정이 각국의 하늘을 넘을 때 미리 허락을 구하는 것과 다름없습니다."

로코코 후작의 말에 가이나트 국왕은 몸을 앞으로 기울이며 관심을 나타냈다. 한 줄기 작은 희망이 보이는 것만 같았다. 비록 타국의 힘을 빌린다고 하더라도 말이다.

"그들이 그런 식으로 하늘을 넘은 것은 아무래도 타국의 영토를 지나가는 것에 대한 거리낌 때문일 것입니다. 내전으로 정신이 없으니 그냥 지나가도 상관이 없는데도, 굳이 윙기간테스만 하늘로 날아가고 나머지 병력은 포털로 이동한 것을 보면 분명합니다."

로코코 백작은 목이 타는지 물을 한 모금 마셨다. 그리고 이야기를 이었다.

"그들에게 그때의 일을 항의하면서 조건을 제시하는 것입니다. 우리를 도와주면, 우리 영토를 마음대로 지나가게 해주겠다고요. 그러면 메틀라인의 입장에서도 벨런시아를 공략하는 경우의 수가 늘어나니 그리 손해 보는 일은 아니지요."

"하지만 그들에게 그런 여력이 있을까?"

가이나트 국왕이 고개를 갸웃거리면서 물었다.

"생기겠지요. 벨런시아 공화국에서 데루트 공작에게 지원한 기간테스가 무려 95기입니다. 그 정도의 병력이 공화국에서 빠져나간 사실을 알면 메틀라인에서도 여유가 생기겠지요."

가이나트 국왕이 그 말에 고개를 끄덕였다.

"로코코 후작."

"네."

"자네가 메틀라인 왕국으로 가게. 그리고 반드시 지원군을 이끌고 오게나."

"알겠습니다."

국왕의 명령에 로코코 후작은 결연한 얼굴로 대답했다. 그리고 그는 대전을 벗어났다. 한시라도 빨리 지원군을 데리고 와야 했다. 현재 상황으로는 언제 왕도가 함락될지 몰랐다.

*　　　*　　　*

제스터의 얼굴이 딱딱하게 굳어 있었다.

이제 어느 정도 블러드의 기동에 익숙해졌지만 무언가 마음에 안 드는 듯했다.

제스터는 얼굴을 굳힌 채 회상에 빠져 있었다. 레퀴엠과의 전투. 그때 레퀴엠은 분명 피어스 브레이크를 사용했다. 기간테스로는 절대 사용할 수 없다는 대륙의 불문율과 다름없는 상식을 무참히 깨어버린 것이다.

"그 녀석이 할 수 있다면 나도 할 수 있다."

제스터는 단호한 어조로 중얼거리면서 두 눈을 떴다.

피어스 브레이크를 사용할 수 없다면, 기동에 익숙해지더라도 출전하지 않으리라.

그 녀석의 피어스 브레이크는 원거리 공격이 가능했다. 디스토션과 브루트가 던진 그 많은 투창을 한 번에 쓸어버린 그 피어스 브레이크의 위력은 엄청났다.

아무리 블러드의 출력이 5.0이라 하나, 원거리에서 그런 공격을 당한다면 위험했다. 어떻게든 자신도 피어스 브레이크를 펼칠 수 있어야 했다.

제스터는 블러드에서 내렸다. 일단 피어스 브레이크를 발전시켜야 했다. 소드 익스퍼트 한 명이 단 한 개 가질 수 있는 피어스 브레이크다. 한 번 정해지면 바꿀 수 없지만 수련에 따라 위력을 강하게 하는 것은 가능했다.

'놈은 여러 개의 피어스 브레이크를 사용한다.'

제스터의 굳은 얼굴에 결연함이 어렸다. 그놈은 대륙의 불문율을 두 가지나 무참히 깨버린 녀석이었다. 출력 5.0의 블러드가 있다고 하나 그 녀석이 라이더라면 어떤 일이 일어날지 모른다. 충분히 준비해야 했다.

'그리고 그 기이한 움직임의 검술은……'

개인 수련장으로 향하는 제스터의 굳은 얼굴은 펴질 줄 몰랐다. 블러드가 완성되었을 때는 자신이 기동만 할 수 있으면 무조건 이길 것만 같았다.

기동 훈련을 하면서 상상 훈련도 같이했다. 자신이 몸으로 느낀 블러드의 위력과 자신이 싸우면서 체감한 레퀴엠과 이 슈인의 위력. 그 둘로 수없는 상상 속의 싸움을 펼쳤으나 결과는 반반이었다.

원인은 자신에게 있었다.

인정하기 싫었지만 이제는 인정해야 했다. 그러지 않으면 또 패배할지도 몰랐다. 출력 5.0의 블러드로도 이길 수 없다면 그야말로 변명의 여지도 없었다. 무슨 일이 있어도 이겨야 했기에 제스터는 신중해졌고, 현실을 받아들였다.

라이더로서의 능력에 있어서 제스터 자신은 이슈인에 있어서 미치지 못한다.

제스터는 그 사실을 인정했다. 그리고 타개책을 찾았다.

그것은 피어스 브레이크였다.

자신 역시 블러드로 피어스 브레이크를 펼칠 수 있어야 했다. 그래야 승리를 확신할 수 있었다.

그래서 피어스 브레이크 수련을 위해 개인 수련장으로 향하는 것이다.

최근 피어스 브레이크를 사용해 본 게 언제인지 기억도 나지 않았다. 혁명 전쟁이 끝난 후, 자신이 직접 검을 들고 싸울 일이 없었다. 자신이 할 일은 그저 기간테스를 기동하는 것뿐이었으니까.

개인 수련장에 도착한 제스터는 천천히 검을 뽑고 자신의 검술대로 휘둘렀다.

기간테스 기동 훈련으로 꾸준히 검술을 펼친 덕에 제스터의 검의 움직임은 물 흐르듯 자연스러웠다. 그렇게 한 시간여 동안 제스터는 우선 검술 수련을 했다.

호흡이 거칠어지고 얼굴은 땀으로 흠뻑 젖었다.

"헉헉. 좋아."

이윽고 제스터는 정신을 집중했다. 그리고 온몸의 마나를 휘돌렸다. 몸속 내부의 마나의 폭주를 한 곳으로 이끌어내어 폭발시키는 수법 피어스 브레이크.

제스터는 자신의 몸 내부를 광포하게 내달리는 마나를 느낄 수 있었다.

'이 느낌도 참 오랜만이군.'

마나의 질주가 절정에 이르자, 마나가 단 하나 있는 출구로 터져 나왔다.

그와 동시에 제스터의 검이 커다란 원을 그리며 움직인다.

제스터의 피어스 브레이크.

블랙 아머(Black Amor).

원에서 일어난 검은 기운이 순식간에 제스터의 전신을 뒤덮는 거대한 구체가 되었다.

방어형 피어스 브레이크다.

피어스 브레이크의 성질은 스스로 결정할 수 없다. 그저 발현되는 그것이 자신의 피어스 브레이크가 되는 것이다.

하루에 다섯 번 사용할 수 있는 블랙 아머는 그야말로 절대 방어의 피어스 브레이크였다. 방어형인만큼 제스터로서도 자주 쓸 기회가 없었다. 블랙 아머를 사용해야 할 정도로 위기에 처한 적이 거의 손에 꼽을 정도이기 때문이다.

"하지만, 이번에는 아니야."

왠지 다섯 번으로는 모자랄 것만 같았다. 일단 피어스 브레이크의 사용 한계를 늘려야 했다. 그것 또한 수련으로 가능했으니까. 마나의 보유량이 늘어남에 따라 사용 횟수도 증가한다. 제스터 역시 처음 블랙 아머를 얻었을 때는 하루 네 번이 한계였다.

마크는 그 경우가 달랐다. 일격필살을 바랐기에, 이슈인이 마크의 마나 보유량이 얼마가 되든 한 번 모두 터져 나오게끔 마나의 길을 만들어주었다. 덕분에 마크는 마나 보유량이 아무리 늘어도 하루에 단 한 번의 피어스 브레이크를 사용할 수 있었다. 대신 그 위력이 마나 보유량에 따라 급격히 증가하는 형태다.

제스터가 기동 훈련을 중지하고 갑자기 검술 훈련을 시작하자 애가 타는 것은 엥겔스였다. 하루라도 빨리 기동 훈련을 마치고 메틀라인 왕국을 정복해야 하는데, 쓸데없는 곳에 시간을 낭비하는 것만 같았다.

"이러지 않으면 레퀴엠을 이길 수 없습니다."

제스터는 그리 말한 후 검술 훈련에 몰입했다. 베테랑 중의 베테랑인 그가 하는 말이니 이유가 있을 것이라 생각하지만 그래도 쉬이 납득할 수 없었다. 마나 코어를 탑재한 출력 5.0의 블러드가 이길 수 없다니, 개발자의 자존심에 깊은 상처를 주는 한마디다.

제스터는 라이더인 자신이 모자라기 때문이라고 했지만, 어쨌든 이 일로 블러드의 실전 배치는 예상보다 더욱 늦어지게 되었다.

*   *   *

엠피엘 국왕은 고민에 잠긴 얼굴로 격론을 벌이고 있는 귀족들을 바라보았다.

이 일의 발단은 윈글로스 왕국에서 특사로 찾아온 로코코 후작의 정보였다.

벨런시아 왕국에서 무려 95기의 기간테스를 윈글로스 왕국으로 돌렸다고 한다. 그것도 리콜러 감지 장치를 그냥 통과할 수 있는 사일런트 리콜러라는 것을 사용해서 일시에 들어왔다고 했다. 메틀라인 왕국에도 하이드 리콜러가 있었기에 사일런트 리콜러가 그다지 놀라운 것은 아니었다. 지난번에도 벨런시아 왕국에서는 그것을 사용한 전력도 있었고 말이다.

하지만, 윙 기간테스인 브루트가 다섯 기나 원글로스로 넘어갔다는 것은 놀라운 일이었다.

지난번 록힐 광산 탈환을 위한 전투에서 공화국은 무려 열네 기의 브루트를 투입했고 모두 잃었다. 디스토션까지 합치면 열다섯 기의 윙 기간테스를 잃은 것이다. 그런데 추가로 다섯 기의 브루트를 원글로스 왕국 귀족파에 지원했다. 이것은 쉬이 넘길 문제가 아니었다.

"대체 윙 기간테스의 라이더가 몇 명이나 있다는 것인지……."

그랬다.

라이더.

그것이 문제였다.

바톤 윙이라면 메틀라인에서도 벌써 서른 기를 완성해 놓은 상태고, 지금도 하루 한 기씩 꾸준히 생산되고 있다. 하지만 운용할 수 있는 라이어가 없었다. 덕분에 바톤 윙은 그림의 떡이 되어 병기 창고에서 먼지만 쌓이고 있었다.

현재 드러난 것만으로도 공화국은 스무 명의 윙 기간테스 라이더를 보유하고 있다는 말이다. 그것이 걱정이었다.

"그러니까, 당장 공화국에 쳐들어가야 합니다! 95기나 되는 기간테스가 빠진 지금이 찬스입니다. 일거에 쓸어버려야 합니다!"

하이드론 공작이 거친 목소리로 외쳤다. 그의 세력권에 있는 귀족들 모두 그 말에 찬동했다.

이미 내전에 빠져 돌이킬 수 없는 원글로스 왕국의 상황은 완전히 무시하고 있었다.

"그러다가, 원글로스 왕국의 내전이 귀족파의 승리로 끝나고, 우리 왕국군의 퇴로가 차단되면 어찌합니까?"

미켈란 후작이 물었다. 과연 전장에서 뼈가 굵은 그다운 안목이었다.

보급로와 퇴로의 확보. 그것은 전쟁에 있어 기본 중의 기본이었다. 보급로가 끊어지면 굶어 죽고, 퇴로가 끊어지면 적에게 몰살당한다.

"비바체 함대가 있지 않습니까? 그들로 수송하면 됩니다."

바로크 백작이 이의를 제기했다.

바로크 클레이라는 풀네임을 가진, 그는 하이드론 공작의 오른팔이나 다름없는 인물이었다.

"윙 기간테스가 등장하기 전이었다면 문제가 없습니다만, 이제는 달라졌습니다. 비바체 함대의 마나 캐논은 공중으로의 포격이 불가능합니다. 윙 기간테스의 좋은 먹잇감밖에 안 되는 것이지요."

이안이 침울한 얼굴로 말했다. 그 때문에 지난번 록힐 광산 공략전 이후 비바체 함대의 움직임이 둔화되었다. 원래는 벨런시아 강 하류에 있었던 함대를 제법 먼 바다로 옮겼다.

공화국의 록힐 광산 탈환전에서 윙 기간테스가 등장한 것 때문이다. 메틀라인에 있어 적의 심장에 꽂을 비수였던 비바체 함대의 손발이 묶여 버린 것이다.

"비바체 함대에 윙 기간테스를 함께 보내면 될 일 아닙니까!"

케이프 카인 라이오네 자작이었다. 중앙에서는 아직 아무 직책을 맡지 못했지만 공작가의 계승자였기에 자작의 작위가 있었다. 오늘은 그 자작의 자격으로 이 회의에 참석한 터다. 그는 어떻게든 아버지에게 힘을 보태기 위해 큰 소리로 외쳤다.

"라이더가 없습니다."

이안이 안타깝다는 얼굴로 고개를 저으며 말했다.

라이더가 없다.

그 말에 회의장에 정적이 찾아왔다.

참으로 안타까운 노릇이었다. 현재 대륙에서 전략과 전술의 판도를 바꿀 병기를 만들어 보유했음에도 그것을 운용할 사람이 없다니, 이처럼 안타깝고 답답할 노릇이 또 어디 있겠는가.

좌중이 조용해지자, 때를 잡았다는 듯 이안이 입을 열었다.

"현재 우리 상황으로서는 원글로스의 부탁을 들어주어야 합니다. 공화국에서 데루트 공작을 지원한 것은 분명한 의도가 있기 때문입니다. 우리와 원글로스와의 국경에서도 압박을 가하겠다는 것이지요. 지금 국왕파가 절대적으로 불리한 상황입니다. 브루트까지 투입한 이상, 오래지 않아 국왕파는 무너질지도 모릅니다. 그러면 우리는 벨런시아와 원글로스 둘을 상대해야 합니다."

이안이 곤란하다는 얼굴로 말했다. 지금 그의 속은 시커멓게 타들어가고 있었다.

최근 원글로스에서 눈을 뗀 것이 실책이라면 실책이었다. 미스트로부터의 정보가 줄어들고, 벨런시아의 던전 발굴 소식에 그쪽으로 모든 전력을 투입한 때문이었다.

그 타이밍에 절묘하게 벨런시아 공화국에게 뒤통수를 맞았다. 설마 현재의 판세를 엎어버리는 수로 나올 줄은 몰랐다. 현재의 고착 상태를 깨려면 분명 획기적인 한 수가 필요했다. 하지만 설마 판을 엎어버릴 생각을 할 줄이야.

원글로스의 내전이 끝나면 판도는 그야말로 어떻게 바뀔지 알 수 없다. 메틀라인 왕국과 벨런시아 공화국. 둘 중 누구에게 유리해질지는 내전의 승리자에 따라 결정된다.

'이런 식의 뒤통수는 절대 엥겔스 재상의 작품이 아니야. 혁명의 여우, 박스터. 그가 직접 머리를 쓰기 시작했어.'

이안은 이번 일이 박스터의 머리에서 나온 것임을 단번에 파악했다.

'미스트.'

참으로 공교로웠다.

어제 미스트가 보낸 정보가 도착했었다. 그것은 벨런시아에서 원글로스에 제공한 브루트의 제원이었다. 가히 경악스러운 성능이었다.

그 정보를 빼내기 위해 미스트는 얼마나 고생했을까. 새삼 미스트에게 미안하고도 고마웠다. 오늘 브루트에 대한 정보를 밝히고 논의하려고 했다. 그런데 원글로스에서 특사로 온 로코코 후작의 소식 때문에 그 이야기를 꺼내지 못했다.

이안이 원글로스의 상황을 빠르게 파악하지 못한 것은 박스터와 엥겔스의 계산 밖의 일이었다. 이안이 벨런시아에서 발굴한 던전의 정보를 얻기 위해 원글로스의 정보원까지 빼서 벨런시아 공화국으로 돌렸음을 예상치 못했기 때문이다.

하지만 그 정도의 오산은 상관이 없었다.

이안은 그 두 사람의 의도대로 움직이고 있었으니까 말이다. 완벽한 보안 덕에 미스트는 블러드에 대한 정보를 얻지 못했다. 아니, 브루트의 정보만 하더라도 이안을 긴장시키기에 충분했다.

출력 3.0의 윙 기간테스라니.

메틀라인에는 오직 랩터2 리빌드 한 기뿐이지 않던가.

이안은 벨런시아가 원하는 것은 오직 시간이라는 것을 알아차리지 못했다. 오히려 브루트를 이용해 양쪽에서 메틀라인을 압박해 오려는 수라고 생각했다.

이것은 이안이 전쟁 중 저지른 가장 큰 오판이었고, 이것 때문에 전쟁의 양상은 크게 바뀌게 된다.

이때는 오히려 하이드론 공작의 말이 정답이었다는 것을 이안은 훗날 알고 크게 후회하게 된다.

"그전에 속전속결로 끝내면 될 것입니다."

하이드론 공작은 자신의 의견을 굽히지 않았다. 심지어 자신이 가장 싫어하는 바첼러 백작가의 패까지 꺼내 들었다.

"우리에게는 레퀴엠이 있습니다. 레퀴엠이라면 단번에 리퍼블릭을 무너뜨릴 수 있습니다."

하이드론 공작의 말에 모두들 고개를 끄덕였다. 지난번 록힐 광산 전투에서의 그 엄청난 전공은 고위 귀족들 대부분 알고 있었다.

그러나 이안은 고개를 저었다.

"현재는 불가능합니다. 레퀴엠 한 기로는 무리입니다."

"록힐 광산에서 레퀴엠은 무려 열세 기의 윙 기간테스를 완파했습니다."

하이드론 공작이 이의를 제기했다. 그로서는 인정하기 싫었지만 그만큼 레퀴엠의 위력은 대단했다. 동생으로 형을 압박하다니, 하이드론 공작 스스로가 생각하더라도 참으로 공교로운 상황이다.

이안은 결국 미스트의 정보를 모두에게 알렸다. 어차피 알리려고 했던 것 아닌가.

"브루트라는 공화국의 윙 기간테스의 출력이 3.0이라고 합니다. 그리고 현재 35기가 완성되었으며, 그중 다섯 기가 원글로스 왕국으로 파병이 된 것이라고 합니다. 그리고 더 놀라운 사실은 벨런시아 공화국은 이미 45명의 윙 기간테스 라이더를 양성했다 합니다."

이안의 말에 회의장은 소란스러워졌다. 메틀라인은 병기가 있음에도 라이더가 없어서 사용하지 못하는 것을 벨런시아는 오히려 라이더가 더 많다니 말이다.

"허어."

여기저기서 탄식이 터져 나왔다.

아무리 레퀴엠이라도 홀로 적의 심장부에 들어가 그 정도의 병력을 상대하는 것은 무리라는 생각이 모두를 지배했다.

이안은 완벽하게 박스터가 던진 미끼를 물었다.

그 모습에 회의장에 있는 누군가가 은밀한 미소를 지었다.

"하면 어찌할 생각인가?"

엠피엘 국왕이 물었다.

"원글로스를 지원해서 후방을 안정화해야 합니다."

"하지만 우리는 윙 기간테스의 라이더가 모자라지 않은가?"

"보내는 지원 병력은 레퀴엠 한 기입니다."

이안의 말에 회의장은 다시 소란스러워졌다.

"그렇다면 적의 윙 기간테스는 누가 막는단 말이오!"

그랬다. 최강의 검을 다른 나라에 빌려주면 어쩌란 말인가.

"랩터2 리빌드가 있습니다. 그 역시 출력이 3.0입니다."

"그걸로는 부족하지 않습니까?"

라파엘 후작이다.

"어느 정도는 괜찮습니다. 지난번 전투의 결과 공중전은 마나 엔진의 출력보다는 윙의 성능과 라이더의 실력이 크게 좌우한다는 분석이 나왔습니다. 우리 쪽의 정예 라이더라면 어느 정도 방어는 가능합니다. 더군다나 현재 국왕 전하의 재가를 얻어 록힐 광산에 마나 캐논을 설치 중입니다. 물론 공중으로 포격이 가능한 형태입니다."

"록힐 광산이 아닌 본토를 공격해 온다면요?"

"그러면 뒤통수를 치면 됩니다."

이안이 자신있게 말했다.

"레퀴엠을 보내는 이유도 간단합니다. 최대한 빨리 정리하고 돌아오게 하기 위함입니다. 적의 수도에 30기의 윙 기간테스가 기다리고 있는 곳을 공략하는 것은 무리입니다만, 다섯 기의 윙 기간테스가 있는 제3국에서의 전투라면 문제가 없다고 생각합니다."

이안의 설명에 다들 고개를 끄덕였다.

"그리고 얻을 것도 얻어야지요. 아무리 우리 사정 때문이라지만, 도와주는 것은 사실이니까요."

이어진 이안의 말에 모두 수긍하는 얼굴을 했다. 현재 메틀라인 왕국의 사정도 가뜩이나 어려운 형편에 지원을 나가는 것이니 충분한 대가를 받아야 했다. 그렇지 않으면 너무 억울할 것 같았다. 지원이 비록 레퀴엠 한 기라고는 하지만 레퀴엠은 현재 공화국 최고의 검이다.

"그러면 무얼 요구할 생각인가?"

엠피엘 국왕이 물었다.

"영토를 조금 받는 것이 어떨까 싶습니다."

싱긋 웃으며 대답한 이안의 말에 회의장이 술렁였다. 하이드론 공작조차도 경악한 표정을 지었다. 대가 이야기가 나왔을 때, 그는 어느 정도의 돈과 벨런시아 공화국으로 가는 길을 받을 것이라 예상했다. 그런데 영토라니······.

과연 원글로스 왕국에서 응할지도 모르는 일이었다. 아무리 위급한 상황이라 할지라도 영토는 그리 쉬이 넘겨줄 수 있는 것이 아니었다.

"어느 정도를 요구할 생각인가?"

엠피엘 국왕의 물음에 이안은 지도를 가리켰다.

"그리 많지는 않습니다. 셀 산맥과 만나는 아이노 강 하류의 일부 지역입니다."

사람들의 시선이 지도로 향했다. 그곳은 원글로스로서도 제법 중요한 곳이었다. 아이노 강을 통해 시아라인 만으로 나가는 길목이었다.

"왜 하필 그곳이지요?"

미켈란 후작이 물었다.

"우리는 이 전쟁에서 승리할 것이기 때문입니다."

이안이 자신감이 가득한 얼굴로 말했다. 대체 어디서 저런 자신감이 나오는지 알 수 없었다. 불과 얼마 전에도 전쟁은 장기전이 될 것이며, 결과는 쉬이 예측할 수 없다 하지 않았던가. 게다가 벨런시아 공화국은 마도 시대의 던전까지 발견한 상태였다.

주변의 반응에 아랑곳하지 않고 이안은 자신의 말을 이었다.

"현재 우리 왕국의 마나석 광산은 곧 고갈됩니다. 그러면 앞으로의 상황이 상당히 어려워질 수밖에 없습니다. 그때를 대비해 반드시 이 전쟁에 승리하고 공화국에 그 보상으로 록힐 광산과 그 주변을 받아내야 합니다. 물론 매트 성도요. 그렇게 받아내면 우리 영토와 연결을 해야 하니, 아이노 강 하류 지역은 꼭 필요한 땅입니다. 어쩌면 이번 원글로스의 지원 요청은 우리로서는 오히려 기회일 수도 있습니다.

"호오!"

이안의 말에 모두를 감탄하며 고개를 끄덕였다.

"하지만 그것도 모든 일이 잘되어 전쟁에 승리했을 때의 이야기요."

하이드론 공작이 분위기에 찬물을 끼얹었다.

"물론 우리는 반드시 이깁니다."

이안은 자신감 가득한 표정으로 말했다.

그렇게 그날의 회의는 끝이 났다. 이 결과가 과연 메틀라인에 어떻게 작용할지는 모르는 일이다.

로코코 후작은 회의 결과를 전해 듣고는 희색이 만면했다가 곧 실망했다.

지원을 해준다고 하고는 고작 기간테스 한 기라니. 거기에다가 대가로 땅을 달라니.

하지만 그 기간테스가 레퀴엠이라는 말에 그는 다시 웃음을 지었다. 단 1분의 시간에 그의 감정은 너무나 크게 변했다. 그야말로 천국과 지옥을 오갔으니 말이다.

그러나 영토 문제에 대한 답은 자신의 권한을 벗어난 것이었다. 어떤 조건이든 반드시 지원을 받아오라는 명령을 받았지만, 왕국의 땅이라면 이야기는 달랐다. 로코코 후작은 지원이 간절함에도 쉽게 대답할 수 없었다. 맞은편에 앉은 이안 차관을 보며 연신 얼굴의 땀을 닦아내기 바빴다.

"물론 무조건 달라는 것이 아닙니다. 우리의 도움으로 국왕파가 무사히 귀족파를 몰아내고 원글로스를 안정시켰을 때 달라는 것이지요. 후작님의 권한으로 결정을 내리기 어려우시다면 마법 통신으로 본국에 연락을 하셔도 좋습니다."

이안 차관의 제안에 로코코 후작은 즉각 왕도 유니온에 통신을 넣었고, 원글로스 왕실은 곧 갑론을박으로 난리가 났다. 아무리 자신들이 위급하다 하나 왕국의 영토를 타국에 줄 수는 없었기 때문이다.

하지만 결과는 이미 정해져 있었다. 영토가 아무리 중요하다 해도 어찌 자신들의 세력과 목숨과 왕실만 할까.

메틀라인의 요구를 받아들인다는 결론이 내려졌다.

로코코 후작은 자신의 임무를 다했다는 얼굴로 왕도, 유니온으로 돌아갔다.

록힐 광산에 있는 이슈인에게 명령서가 날아갔다.

"즉각 원글로스 왕국의 왕도 유니온으로 가서, 원글로스 국왕파를 도와라."

핵심만 요약된 명령서를 보면서 이슈인은 뚱한 얼굴을 했다. 이레아에게서 해방된 후 이제 다시 검법 수련을 시작하려는 찰나에 떨어진 명령이기 때문이다.

"음, 하필이면 이럴 때 최고의 전력인 레퀴엠을 빼다니… 도대체 높은 분들은 무슨 생각이야?"

밀레느가 명령서를 들여다보면서 어이없다는 듯 말했다.

"나야 모르죠, 대체 무슨 생각인지. 형의 속을 누가 알아요."

이슈인은 고개를 저으며 명령서를 품에 넣었다.

자세한 내용은 유니온에 가면 알 거라고 했으니 일단 가야 했다. 이슈인은 포털에 몸을 실었다.

　조국의 전쟁 중 타국의 내전을 도우러 가는 것이 찜찜했으나, 까라면 까야 하는 것이 군인 아니던가.

『6권으로 이어집니다』

은하의 계곡

무천향
武天鄉

허담 新무협 판타지 소설

뿌리를 찾아가는 목동 파소의 여행.
그 여정의 끝에서
검 든 자들의 고향 대무천향(大武天鄉)을 만난다.

검객 단보, 그는 노래했다.

…모든 검 든 자들의 고향 무천향.
한 초식의 검에 잠든 용이 깨어나고, 또 한 초식의 검에 잠든 바다가 일어나네.
검의 흐름을 따라가다 보면 어느새, 세월도 잊어버리고, 사랑도 잊어버리고,
무공도 잊어버려……
결국에는 자신조차 잊어버리는……

은하의 가장 밝은 빛이 되어버린다는
그 무성(武星)들의 대지(大地).

아, 대무천향(大武天鄉)이여!

유행이 아닌 자유추구 –
WWW. chungeoram.com
Book Publishing CHUNGEORAM

저작권 보호!!
장르문학의 성장에 힘이 되어주십시오.

저작물의 무단 전재와 복제, 불법 다운로드!
이것은 관심이 아니라 무관심입니다!

작가님들은 창의적 열정과 시간을 투자해 자신의 꿈과 생계를 유지합니다.
한 권의 책을 만들어 많은 사람들은 자신의 인생과 미래를 설계합니다.

저작물 속에는 여러 사람의 노력과 희망이
담겨 있습니다!

저작물의 무단 전재와 복제, 불법 다운로드는 여러 사람들의 꿈과 생계를
위협함으로써 장르문학을 심각한 상황에 빠뜨리고 있습니다.

이제는 무관심이 아니라 관심으로 장르문학의
성장에 힘이 되어주세요.

[도서출판 청어람은 항시적인 저작권 보호를 통해 장르문학과
여러분의 희망을 지키겠습니다.]

도서출판 청어람

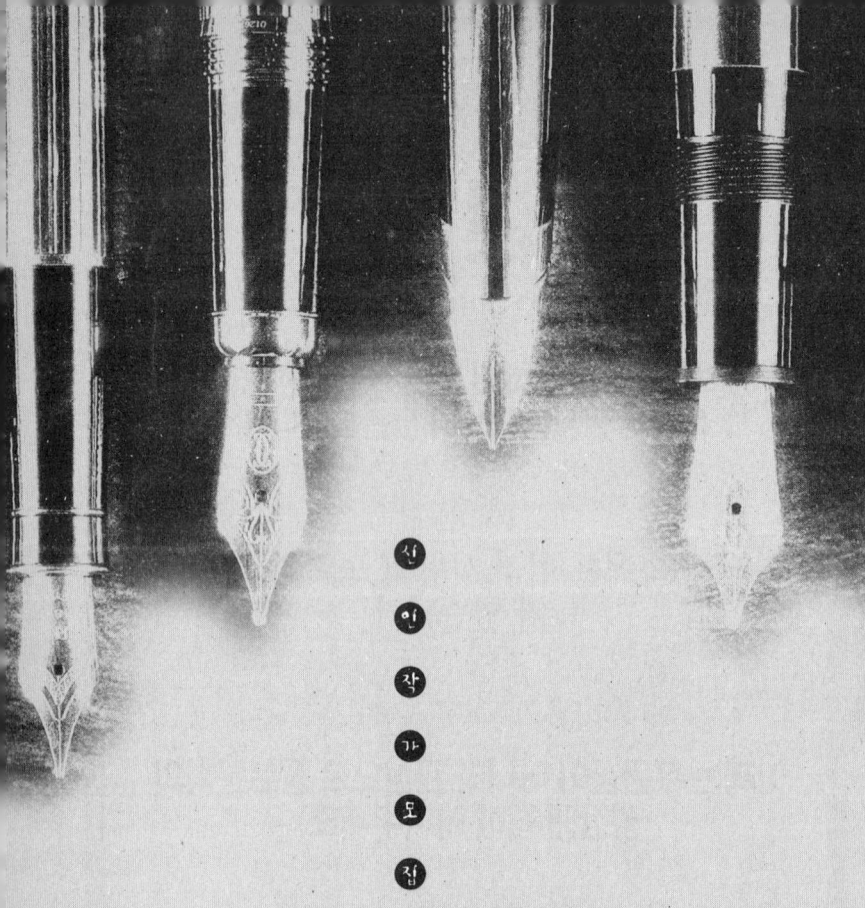

워메이지

김재한 퓨전 판타지 소설

사람들이 인식하는 상식의 세계 이면,
짙은 어둠이 드리워진 그곳에 사는 괴물들이 있다.

문명이 드리운 그림자 속에서, 전투기계들과
인간의 사념으로부터 태어난 마물들이 격돌한다.
마법과 주술이 난무하는 초현실적인 전장,
소년은 그곳에 서는 대가로 인생을 잃었다.
운명의 노예가 되어 가족과 인성을 잃어버린 소년, 진유현.

총염(銃炎)과 검광(劍光)이 뒤얽히는
어둠의 거리에서, 운명의 족쇄를 끊고 나온
소년의 눈이 살의를 발한다.

유행이 아닌 자유추구 -
WWW.chungeoram.com
Book Publishing CHUNGEORAM

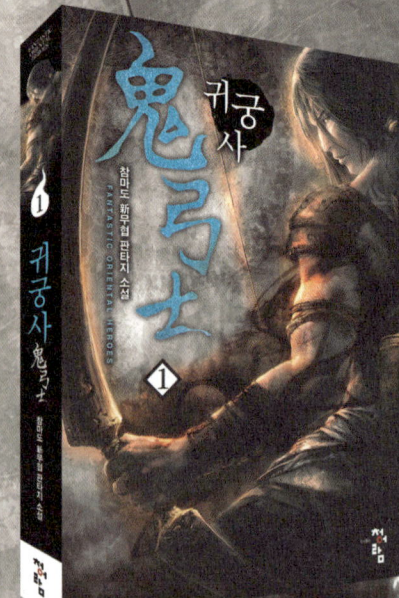

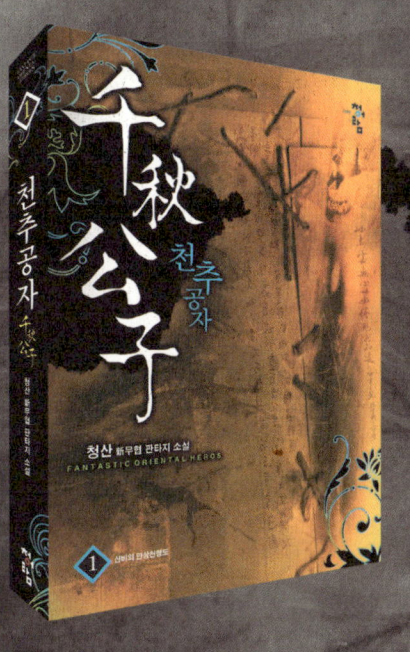

千秋公子

천추공자

청산 新무협 판타지 소설

운명을 뛰어넘는 담대한 도전!

황제마저 농락한 숭문세가의 공자 문천추(文千秋).
용문에 이르기 전까지 그는 시문과 서화를 즐기며 대하를 누비는
한 마리 커다란 잉어였다.
그러나 운명은 그를 용문(龍門) 앞에 이끌었다.
용문의 드센 물살을 거슬러 올라 용(龍)이 될 것인가,
아니면 용문점액의 상처를 입고 추락할 것인가.

죽음의 하늘 사중천(死重天)!
오로지 파괴와 살육만을 일삼는 사마악(邪魔惡)의 결집체.
사중천의 어둠은 태양마저 가리며 천하를 뒤덮는다.
마침내 죽음의 하늘과 맞서는 용 울음소리.

천추(千秋)에 빛날 문무제일공자의 호쾌한 행보가 시작되었다.

유행이 아닌 자유추구 -
WWW.chungeoram.com

Book Publishing CHUNGEORAM

소림
곤왕

한성수 新무협 판타지 소설

감동의 행진을 멈추지 않는 작가 한성수!

구대문파 시리즈의 두 번째 이야기 『소림곤왕』!!
그 화려한 무림행이 펼쳐진다

"너는 지금부터 날 사부님이라 불러야만 하느니라.
소림사의 파문제자인 나, 보종의 제자가 되어서 앞으로 군소리없이 수발을 들고 모진
고통을 이겨내며 무공 수련을 해야만 한다."

잡극계의 천금공자 엽자건!
소림의 파문제자 보종의 제자가 되다!!

역사와 가상.
실존의 천하제일인과 가상의 천하제일인에 도전하는 주인공!
이제부터 들어갑니다. 부디 마음껏 즐겨주시기 바랍니다.
– 작가 서문 中에서.

유행이 아닌 자유추구 –
WWW.chungeoram.com
Book Publishing CHUNGEORAM